锺叔河·著

蛛窗述闻

赵倚平　任　理·校点注释

SPM 南方传媒
花城出版社
中国·广州

图书在版编目（CIP）数据
蛛窗述闻 / 锺叔河著. -- 广州 : 花城出版社,
2025. 1. -- ISBN 978-7-5749-0367-8
Ⅰ. I246.1
中国国家版本馆CIP数据核字第2024J5M451号

书名题字：锺叔河

出 版 人：张　懿
策划编辑：王　凯
责任编辑：揭莉琳
责任校对：汤　迪
技术编辑：凌春梅
装帧设计：唐　巍

书　　名　蛛窗述闻
ZHU CHUANG SHU WEN
出版发行　花城出版社
（广州市环市东路水荫路 11 号）
经　　销　全国新华书店
印　　刷　深圳市福圣印刷有限公司
（深圳市龙华区龙华街道龙苑大道联华工业区）
开　　本　787 毫米 ×1092 毫米　16 开
印　　张　8. 25　2 插页
字　　数　80,000 字
版　　次　2025 年 1 月第 1 版　2025 年 1 月第 1 次印刷
定　　价　68. 00 元

如发现印装质量问题，请直接与印刷厂联系调换。
购书热线：020－37604658　37602954
花城出版社网站：http://www. fcph. com. cn

校点说明

这本锺叔河老先生最早的作品，在我们的合作下，终于以校点本的形式，重新面世。尽管锺老一再强调说这只是少年习作，出版《锺叔河集》时都未予考虑收录，但我们认为，作为锺老最初的文字，却有着它独特的意义。何况在海豚出版社出了影印本之后，有人要想做进一步的研究，如果没有这样一个校点本，恐怕会有不少困难。最终我们说服了锺老，同意我们着手这一工作。

校点工作展开以后，处处得到锺老的指导。除了在标点、订正错讹方面把关外，他还两次通览全稿，对部分文字进行增删、润色。即使短短的《题记》，就经过两次大的修改。这让我们感受到一个文章大家，对自己文字的一丝不苟和精益求精。而作为一个杰出的出版家，他虽已到鲐背之年，却仍是一个理想主义者，对如何使一本书尽善尽美，他认真的态度常常令我们肃然起敬。这本书最终以一个什么面目出现，他和我们反复讨论，从开本、版式、封面、用纸、目录、分隔页、插图、附录……每一个细节都不放过。他要求书由长期和他合作的长沙的唐巍先生进行封面和版式设计，以便他能及时过目进行修改。现在的这个样式，一切皆自他手定。原稿本和校点本既为两个独立的单元，又浑然一体统于一书中，为的是让读者既能看到稿本的原貌，又便于阅读和前后对照，找到变动的痕迹，尽管这些在书中也都一一给出了注释。而附录又增加了相关的资料，这也是之前影印本所没有的。我们相信，这也应该是读者喜欢的一种形式。

实际上，这本书的著者和编者，都是锺老，我们只不过做了一点辅助性的工作。

这里有必要单独说一下附录。因为锺老用来写作《蛛窗述闻》的本子上有一行“含光高五班女学生周文辉冤死报恨寄”的字样，锺老说这字并非他大姊的字迹，那么这是谁写的？周文辉又是怎么一回事？这引起了搞文史研究的任理先生的好奇。他花力气四处搜寻，终于找到当年周文辉事件发生后的相关报道。根据这些资料，他用文字还原了此事。“冤死”一语终于有了实据。我们考虑，此事虽然与《蛛窗述闻》本身关系不大，但因为本子上有这样一句话，却也不能说毫无关系。于是将此作为附录的一部分，以对如果看到稿本也引起好奇的读者的一个交代。至于这行字出自谁的手笔，锺老当年未予注意，如今他的大姊已经去世，无从问起，也就只好存疑了。

在这里，我们要感谢花城出版社让这本七十多年前的作品在更大范围与读者见面；感谢陈先枢先生为这本书附录提供的相关资料；感谢王凯先生为这本书出版做出的帮助；感谢唐巍先生的封面和版式设计。也希望广大读者对我们的粗疏之处提出诚恳的批评。

赵倚平　任理

二〇二三年十月二十三日

作者题记

锺叔河

《蛛窗述闻》的“蛛窗”，位置在平江东郊乡下一老屋，去县城十五里。“述闻”则写于抗战胜利后的一九四六年暑假期间，我和二姊刚刚在县立初级中学读完二年二级。

二姊考上了省立一中高中，全家人除我外都回了长沙。我独自留在“蛛窗”下等县中开学。没人管束虽然好,但夏日长如小年，有时仍难免寂寞，没事找事，于是才来“述闻”。

“述闻”真的是“忆及辄述”,想到就写。笔误也只在开头第一则《王县令》前几行改了两处，之后便文不加点、一字不改地写下来。“卷一”写到了第四十一则；第四十二则的《青草法》只写个题目，没写下文了。所以,它又真的是“初稿”,是一部连“卷一”都没写完、笔误都没改正的“初稿”。

“初稿”写在含光女子中学国文笔记的空白页面上，大姊初中读含光，留下了这笔记本。我拆开它取出空白页，将封面封底相斠换，照原样用线装订成薄薄的一册。原来封面上那行字，我没怎么注意，只知道并非大姊的手迹。

古人文章有成，每每悔其少作。我先是为了有复本分给自己和兄姊的后人，同意杨、俞二君拿去影印；今又为了改正错讹，少贻误读者，同意赵、任二君进行校点：真可谓不知愧悔、老益无成矣。

癸卯秋九月于念楼，去民国丙戌夏六月已七十七年矣。

目录①

①“目录”原作“卷一目录”，今改。
②“镪”原讹为“榆”。

蛛窗述闻[1]

叔和署

① 稿本系作者写在其大姊锺城北肄业于含光女子中学时的国文笔记本上，大姊未用完之笔记本，原存家中。作者将原封面移作封底，原封底改为封面，上题“蛛窗述闻”和“叔和署”等字。封面原有题字一行云：“含光高五班女学生周文辉冤死报恨寄。”“报恨”，似当作“抱恨”，但后有“寄”字，而周文辉之死当时报纸确有记载，故仍存之。周文辉事可参见《〈蛛窗述闻〉的稿本及其他》等相关文字及附录。稿本后仍留家中，一九六五年作者父亲逝世后清理遗物，大姊始将其畀作者。

蛛窗述闻[①]

平江锺叔和撰

① 此页为稿本扉页，作者用小篆书“蛛窗述闻　平江锺叔和撰”。

蛛窗述闻弁言

予喜闻奇怪之说[①]，而乐其荒诞不经。每夏夜冬闲，父老聚谈所闻所见可喜可愕之事[②]时，予辄插坐其[③]末，欣欣然不忍或去。延续[④]既久，胸多积[⑤]累，惧有散逸，乃于课假中，择其言之尤驯雅者，忆及辄述。方丈小室，足不出户，惟尘窗老蛛，蠕蠕网际，一似为余伴侣者。既成此卷[⑥]，乃弁数言，且命以名。

民国丙戌夏六月下浣之七日[⑦]，叔和病鹃[⑧]署。

---

①“说”原作“事”。

②“事”原作“说”。

③“其”原作“及”。

④“延续”原作“延积”。

⑤“积”原作“累”。

⑥“既成此卷”原作“书既数则”。

⑦“民国丙戌夏六月下浣之七日”，古代将每个月后十日称为“下浣”，下浣之七日为农历丙戌之月廿七日，即从二十日算起第七日，公历为一九四六年七月二十五日，时作者年未满十五岁，正肄业平江县立初级中学二年级（同年级之二姊已随父母回长沙并考入省立一中高中部），暑假仍寄居平江东乡濯水枫源洞一锺姓家中。

⑧“叔和”为作者家谱中之“字”，谱名“期大”，入学时自改名“雄”，一九四九年八月后始定名字为“叔河”。“病鹃”为当时“自号”之一，以后未再使用。

凡例[1]

一、是书虽多记[2]神奇，不可尽信，然皆据所闻而述，不曾[3]加减；

二、凡[4]猥俗之事，概不列入；

三、内容[5]有鬼狐记载,异闻[6]奇物,人间怪事,艺文巧话等；

四、是作[7]所以备日后[8]阅看,及练习作文[9],非欲供他人游目[10]。万一得见者，谅其不工。

---

①“凡例”原作“条例”。

②“记”原作“属”。

③“曾”原作“有”。

④“凡”字前删“书中”二字。

⑤“内容”前删“书之”二字。

⑥“闻”原作“事”。

⑦“作”原作“书”。

⑧“后”字后删一“之”字。

⑨“文”字后删一“者”字。

⑩“游目”原作“游戏”。

【〇一】 王县令

前清大学士瞿鸿禨[①]有表弟王某，官于黔，为某县令。其境多盗，王令自负才干，致力尽锄[②]。一日谍知有群盗止某地逆旅中，潜兵捕之，皆弭首就执。店中宿一苏杭绸客，亦捉将来，指称盗。客力辩，盗亦代白。令曰："宁多杀一客人，决不使脱一盗也。"竟坐斩。临刑时，客仰而呼天，令叱曰："不须言絮絮，若冤尔，偿命何如？"乃瞑目就刑。后以治盗功，擢知府。入京引见，启舫乌江，舟众见一状商客者入官舱，俄而王令狂癫，大呼惟言索命。众人仍催舟抵京，止馆舍，急告瞿相。相自至舍视之，王令即清楚如常人，具言客商索命，顷有禄气来，故鬼暂避去矣。瞿相为作疏调解，鬼附王令言曰："命债非他债[③]可比，况彼固自许偿，毋容别图；唯丞相

① "瞿鸿禨"，"禨"原误作"机"。瞿鸿禨（1850—1918），晚清重臣。湖南善化县（今长沙市长沙县）人，字子玖，号止盦。曾为内阁学士，先后出任福建、广西乡试考官及河南、浙江、四川、江苏四省学政。光绪三十三年（1907）被任命为军机大臣，一生官风清廉。辛亥革命爆发后，迁居上海。民国七年（1918）卒于上海私寓。

② 尽锄，"锄"原误作"锄"。尽锄，尽量铲除、消灭。

③ "非他债"，原脱一"债"字。

面子，允其生还可也。”瞿乃为之乞假，王令亦自痊愈[1]，原舟返里。比到家，狂疾仍作，巫医罔效，竟死。

此事余父常言[2]，辄戒后辈慎从政云[3]。

曰：自周以下治尚法，而民益诈奸，为吏者又每每好自矜以功，其间枉屈负冤者何多焉！流累以下，吏愈酷，民愈诡，法愈骥，势必有不可问者。嗟乎，史迁[4]之见远矣。

---

①“痊愈”原作“愈痊”。

②“此事余父常言”，原脱一“事”字。

③“辄戒后辈慎从政云”，原脱一“从”字。

④ 史迁，司马迁的别称。

【〇二】 搏虎救弟

平江东北，为幕阜山[①]脉所踞，地势错落，林深谷邃，其中多虎。然虎与人狎[②]，人不犯虎[③]，虎亦不伤人也。地名长寿乡[④]者，有村童年十五，携一弟可五六龄，兄弟芟薯山坡[⑤]。弟见一虎蹲竹林中，悦其斑斓[⑥]，呼兄曰："哥，看彼处花牛儿。"其兄漫应之。弟跃前薄[⑦]虎，掷块石中之，虎怒扑[⑧]，衔弟首。兄见弟入虎口，奋然来以手扼虎颈，虎竟吐口去。弟血流被身，兄负以返家；弟呻吟苦楚，兄亦泪下如雨。道路观者莫不太息下泪，予[⑨]外王父[⑩]家人皆见之，致一时乡兄弟阋墙者皆以是事相释勉云。

---

① 幕阜山，古称天岳山，位于湖南省岳阳市平江县境内，主峰在平江县南江镇东，海拔 1596 米。

② 狎，原指亲近而态度不庄重。这里意亲近。

③ "人不犯虎"，"犯"原作"害"。

④ 长寿乡，为当时平江县区划之乡名，现为平江县长寿镇。

⑤ "兄弟芟薯山坡"，"坡"后原衍一"中"字。芟，割除。

⑥ "斑斓"，"斑"原作"班"。下同。

⑦ 薄，靠近。

⑧ "虎怒扑"，"扑"后原衍一"来"字。

⑨ 予，我，自己。

⑩ 外王父，即外祖父。

【〇三】 严寒发花

民国卅三年冬月，予家濯水[①]。忽屋周近山中[②]杜鹃、纪丛[③]等野花尽放，俨若三月阳春。邻家老梨，亦含苞怒放。而气温[④]仍冷冽不异，且仅予屋一处如是耳，志此以待博雅。

① 濯水，平江县地名，现今称浊水。
② “近山中”，原脱一“中”字。
③ “纪丛”为当地方言，是一种开白花的枝条柔韧的灌木。
④ “气温”原作“气候”。

【〇四】 樟树精

余父筦[①]澧州[②]榷政[③]时,会计者彭泗澄言,渠[④]叔少时寄读村塾,一日薄暮散步郊野,忽睹村女坐大樟树下,束装朴净,而面目殊风致。彭生故狎荡子,前为语琐屑,渐涉媟[⑤]狎,女亦不拒,且曰:“妾家距塾近,夕间甚可相就,何必急色儿。”生大悦,告以门户向第,叮咛而别。至夕,女乃果至,两情欢洽,后遂无虚夕。久之,因告生曰:“妾非人,樟树精也,今实以告君。”生为所媚,亦不惧缩。如是月余,生肤革峻削[⑥],精神恍惚,课业无心。师虑或病,送令归,精亦随去。家人见生骨立,骇诘询之[⑦],生秘不言。母潜床帏[⑧]以听之,有狎荡笑语声,遂知为妖祟,延一老道士劾[⑨]治。道士设坛,召神将,执精

---

① “筦”,古文“管”字。

② 澧州,即湖南澧县,因澧水贯穿全境而得名。

③ 榷政,征税的事务。作者父亲时任澧州(含今之津市)掌管税务的官员,相当于今之县税务局局长。

④ 渠,他。

⑤ 媟,轻慢。

⑥ 肤革峻削,指消瘦状,皮包骨头。

⑦ “骇诘询之”,“诘询”原作“询诘”;“之”字原脱。

⑧ “床帏”,“帏”原讹作“袆”。

⑨ 劾,揭发罪状。

禁罂[1]中而密封之。精泣求赦，道士不听。生心悯焉，伺间以棒破罂，精遁去，家人失色。道士叹曰："郎君自太痴，然彼惧余术，是亦无能为害也矣。"乃[2]去。生迄思精[3]，弗能辍。家中乃为物色佳妇。娶之夕，生悄坐灯下。精忽现，容颜装束如昔，揖生曰："恭喜郎君做新郎了。"生惊喜，前拉其襦。精正色曰："妾非人，妖耳。人与妖狎，无不病且死者，前非老道，君骨且泥矣，何尚执迷至此耶？"彭生固拥之，化风遁窗外，悄语曰："妾感君救命恩，故相戒。世上我辈甚多，君慎自持，勿坠死窟也。"言讫，遂去，后竟不复至。

曰：山精树怪，害人之物也。然得恩即感，割爱针砭[4]，观夫今世，求一人得如樟树精者，盖亦鲜矣，宜其能脱夫老道士之罂。

---

① 罂，小口大肚的瓶子。

② "乃去"，原脱"乃"字。

③ "精"原作"之"。

④ 割爱针砭，割爱，指放弃心爱的东西；针砭，砭为古代治病的石头针，比喻指出错误，以求改正。这里指樟树精以放弃她所爱该生这一行动，劝该生走回正道。

【〇五】见鬼

余家昔寓长沙新河[①]策强炼厂[②]中，一夕余父外出，母挑灯假寐帐中。夜半为窸窣[③]声惊，视见灯光忽萎，扉未启而入一衣惨绿色长袍[④]、着拿破仑式帽之鬼，峨立房中，灯亦澹黄惨淡，少时渐移入对门，发极小声而逝。余母至是汗沾床茵，闻后房婢女酣声正浓，方拟呼其醒，而前入鬼之门又进入[⑤]一长发污服之厉鬼，亦如前者之逝。少顷，而鸡唱矣。翌日，知工人一夕死五[⑥]，盖鬼找替也；父归[⑦]，余家遂徙居焉[⑧]。

---

① 新河，地名，在今长沙市开福区。

② 策强炼厂，系作者父亲独资开办的冶炼锌矿的小厂，“策强”意为“鞭策”“图强”，但因经营不善，两年后倒闭。时作者与其母亲居住于此。

③“窸窣”原作“窣窸”。

④“长袍”两字中原衍一“冠”字。

⑤“进入”原作“透进”。

⑥“翌日，知工人一夕死五”，句中原脱“知”字。

⑦“父归”，“父”字前衍一“后”字。

⑧“余家遂徙居焉”，“余家”二字今增。

【〇六】 劫胎

浯口[①]一妇，孕将产矣。一夕，其夫卧酣，房烛未息。睹数伟丈夫从梁上下[②]，欲纵声而噤不能言，四肢[③]如木泥，任其褫衣至净。喃喃诵咒，子即产出，极顺利，不痛楚[④]。断脐置儿大袋中，为之着裳，复跃登梁上去[⑤]。翌日传闻一地，致孕妇咸惴惴不自安云。余闻白莲教原有剖孕劫胎事，不足异。然此则匪不剖腹，且不痛楚[⑥]，又迥然矣，究不知其何术何用也。

---

① 浯口，地名，在今平江县浯口镇。

② “从梁上下”，原脱“从”字。

③ “肢”原作“支”。

④ “不痛楚”，“不”字后原衍一“少”字。

⑤ “复跃登梁上去”，“复”字原作“共”；“登”字原脱；“上”字后原衍一“处”字。

⑥ “且不痛楚”,“且”字前原衍“抑”字,“不”字后原衍“少”字。

【〇七】 锺道士

余姓宗祠在平江石碧潭[①]崖上,潭为昌水[②]所汇而成，深而多漩，中有泉神，常祟乡人妇女。有锺道士者，里邑人，自茅山归，值神祟一妇以瘵[③]死。忿然曰：“邪淫者非神，一妖耳。吾力能去妖，誓除之。”民皆喜,于是聚里子弟数十,持金革及诸彩幡,道士[④]以二屩[⑤]置潭上，戒诸人曰：“予下与妖斗，然彼众我寡，惧不胜。此二屩，左予右妖[⑥]也。尔曹视二屩斗，则鼓器舞幡以长予气，慎之慎之。”众皆诺。道士披法衣持刀下潭[⑦],二屩果跳踉相斗[⑧],众人欷吁[⑨]错愕，乃至手足弗得举，忘其诺矣。少顷，潭中水汹涌波沸，道士尸浮水上矣。众人大骇，却走

---

① 石碧潭，地名，位于湖南平江县城老城东门外，又叫碧潭、壁潭，“碧潭秋月”为平江古八景之一。

② 昌水，即昌江河，发源于平江县幕阜山，乃汨罗江之支流。

③ 瘵，病。

④ “道士”，原有两处又作“术士”，今改为一致。

⑤ 屩，草鞋。

⑥ 左予右妖,左边的草鞋是（代表）我,右边的草鞋是（代表）妖。

⑦ “持刀下潭”，原作“持刀淬以下”。

⑧ “跳踉相斗”，原脱“相”字。

⑨ “欷吁”，原作“唔吁”。

且呼。里人毕集，怜其义，为装殓[1]而祠之，庙在吾姓祠之右。

曰：自恃其术，信讬[2]庸俦，以犯大险，锺道士之死，惜矣！然夫寰宇之内，道士之类正多耳。设彼道士无其术，则无其祸；则道士之有其术，正所以有其祸欤。噫！

① “为装殓”，原作“而殉殓”。

② 讬，同托。后同。

【〇八】 三足鸟

乙西[①]春，余负笈木贞[②]马大丘[③]。有同学获一雀，色嫩绿，有三足，其二与常无异，他一足生其间，五爪掩便门，粪溺积累莫可下。余奇畜之，数日病毙。

---

① “乙酉”，为一九四五年。

② “木贞”，为当时平江县区划之乡名，原地名“木瓜”，今属平江县长寿镇。

③ 马大丘，原作“马大坵”，地名，在今平江县木金乡。

【○九】 腹中人语

鬼狐入腹，笔记多有记载[1]。有曾媪言，渠见一盲者，操占筮之术，皆腹中代决。其言似女子，盲者呼之曰灵姑，观者如堵[2]。意其为狐。

① “笔记多有记载”，原作“各笔记多有载”。

② “观者如堵”，“堵”字后原衍一“云”字。

【一〇】 古杖

长寿乡[1]有农人于荷塘中泥底得一杖，紫竹斑驳，就竹根镂一螭首，虽多蚀汩[2]，而意态宛然。上刻八分诗一章云：“挂钱为买酒，迷路使挑云；入世谁知我，知心只有君。”诗既澹致，书刻均古朴可爱，款曰“孤老手玩”。意当是百年上物也。

---

① 长寿乡，见本书第 7 页《搏虎救弟》注④。

② “汩”，原误作“泪”。下同。被流水浸蚀的痕迹。

【一一】狐害

外王父[1]邻方家一仆，有狐媚，其年久矣，人大略知之，然壮健不少瘁[2]。后为一初来仆知，因私念狐女必艳绝，又不为人害，可以狎。因晨夕默祷以媟词，狐果弃彼狎此。悦之无闲夕，月余，即疲不堪执役，淹留床席，仍不能止。又月余，竟槁矣。

曰：引狼入室，此仆是矣，死宜。

---

① 外王父，参见本书第 7 页《搏虎救弟》注⑩。

② 不少瘁，很少疲累。

【一二】假药

人情险狡，至今尤甚。云何首乌成人形者，食之延年。前辈徐伏生[①]先生精岐黄[②]，尝有一枝，宛然人形，惟面目不甚了了耳。曾摄有小影，先生珍之。后某将军与先生厚[③]，其太夫人多疾，遂以赠之[④]。某年，有乡人持是物至长沙求售，叩之价，云乡人不识，五十金足矣[⑤]。或以其索价贱而疑之，因逮至警局。乃自言伪造。系以瓦制人形而中空[⑥]，顶上穿一孔，择首乌嫩根自孔纳入，而植之数年，后掘取，碎模取根即是。警局罚而逐之。余因疑先生之珍，恐亦如是焉耳。

曰：若乡人持彼伪物故视若珍奇，高其价至数千，则一旦可以致富。而取五十金反致罚逐，若甚可怪者。然今之人事，何往非如是哉！

---

① 徐伏生，平江当地老中医。

② “岐黄”，原作“岐卢”。原指岐伯和黄帝，传说是中医的始祖。后世因此称中医学为岐黄之术。

③ 厚，深厚、优厚。此处指交情深厚。

④ “遂以赠之”，原作“后以赠之”。

⑤ “矣”原误作“以”。

⑥ “中空”，“空”字后原衍一“者”字。

【一三】 杀秦桧

龙门厂[①]有农夫某，稍识字，喜读《精忠传》，每每涕泪感泣；常痛恨秦桧，至将香火灼去秦桧字样。一日村集演戏，其人往观，而为风波亭故事。某怒火中焚[②]，遽取身侧肉砧上屠刀奔台上[③]，径扭演太师者，直刺诸胸[④]，竟死。众噪而执之，送官衙。犹坚称[⑤]："吾杀奸相。"加以三木[⑥]，始如梦觉。乃自供其情，取所读《精忠传》，见灼痕累累[⑦]，卷页支离。竟坐误死人律免死云。

---

① 龙门厂，地名，在平江县龙门镇。

② "怒火中焚"，"中" 原讹作 "凶"。

③ "遽取身侧肉砧上屠刀奔台上"，原脱 "身" 字。

④ "径扭演太师者，直刺诸胸"，"演" 原讹作 "为"；"刺" 讹作 "剌"。

⑤ "犹坚称"，"称" 原讹作 "云"。

⑥ 三木，古代加在犯人颈、手、足上的三件刑具。

⑦ "见灼痕累累"，句首原衍一 "至" 字；"灼痕"，"痕" 原讹作 "烧"。

【一四】 鸦片

禁烟之后，鸦片虽暂不公开行销[①]，然秘密运送仍复多有其事。有客往桂林者，途逢一人，衣物丽都。问曰："足下其之桂林乎？"客曰："然。"其人遂出谨封书函[②]相讬曰："有家兄在桂某某巷若干号，该处[③]为军政要地，惟夜晚办公，日间则无人在彼；此函重要家信，务须[④]晚中送去。"叮咛再四，客诺之。既至桂而以事须即日赴滇。因忆及函，乃于是日送去。至则一僻巷，铁门重闭，倾耳倾听，似有惨呼，疑骇。报知警署，率兵数十围其屋，破门入，则已遁逃无一人。惟密室死尸数具，有剖胸腹中藏鸦片大包者，又未剖胸而已杀毙者，尚有数棺内亦死尸。盖为一鸦片贩卖机关耳。客乃出怀中书，拆而视之，寥寥一语曰："送上猪头一只。"始悟性命在一发矣。

曰：一法立，一弊生，古语信不诬矣。则今日社会背幕之黑暗若是者，其来有自。

---

① "鸦片虽暂不公开行销"，原作"雅片虽暂不公然流畅"。

② "谨封书函"，原脱"封"字；"书函"原倒作"函书"。

③ "该处"，原脱"处"字。

④ "务须"原作"务希"。

【一五】 大虾

虾之大者，余父岳州[①]岁试[②]时得见[③]。仅存一壳，长尺余，云重七斤有零[④]云。

① 岳州，即今湖南岳阳。

② 岁试，清代学政每年对所属府、州、县生员、廪生举行的考试，分别优劣，酌定赏罚。

③ “得见”，原脱“得”字。

④ “零”，原作“另”。

【一六、一七、一八】 李次青联话三则

前清李次青[1]方伯[2]，功业文章，炳耀当代。然后世但知其著者，不知彼聪敏捷悟实于联语见之也。方其诸生时，尝遇一游士，叩公姓。公戏曰："能对我联，当告。"因占一联云："骑青牛，过函谷关，老子姓李。"游士对曰："斩白蛇，出芒砀道，高祖氏刘。"盖游士姓刘耳。李奇之，询其籍，江下[3]人也。又占一联曰："四水江第一，四时夏第二，先生居江夏，还是第一？还是第二？"刘对云："三教儒在前，三才[4]人在后，游士本儒人，也不在前，也不在后。"应对如流，卒不能屈。

---

① 李次青，即李元度(1821—1887)，字次青，湖南平江人。道光二十三年(1843)中举人，咸丰中入曾国藩幕，随之征战，深得曾国藩赏识。官至云南按察使，后任贵州布政使。为人诙谐多才，偏好史籍，有湖南第一才子之称。著有《南岳志》《国朝先正事略》《天岳山馆文钞》等。布政使通称藩司(藩台)，为一省主管行政、财政的最高长官。

② 方伯，原为殷周时期一方诸侯之长，后泛称一省行政长官，至清季遂为专对藩台的尊称。

③ 江下，即下江，指江苏以降。

④ 三才，指天才、地才、人才。

左文襄[1]时以孝廉[2]钦赐同进士出身，拜相位。李藐之，欲侮而甘心。一日偕众官赴左公私第。值左前日纳一姬，众请一睹，左公以洗足辞[3]。李云："余有一联，诸公试对。"众促之，李曰："看如夫人洗足。"众以为其出平日不羁态，哂之。李大笑曰："此联亦易对[4]，即'赐同进士出身'，岂不的当。"众为轩渠[5]。左愠之而无如何也，然每中伤之。李之一任州牧而罢官，盖祸出此[6]联云。

李[7]后致仕，布葛乡里，无少官僚气。近地东山寺死一僧，有乡人请李代书挽联，李问何人死？其人云："东山寺死个和尚。"李挥笔书上联[8]曰："东山寺死个和尚。"其人大讶。李即书下联云[9]："西竺国添一如来。"其人喜而持去[10]。又某尼庵葺成，住持尼请李书庵门联，李书曰："一条笔直；两扇大开。"尼恶其不经，欲去。李徐曰："我尚未完，上人不必

---

① 左文襄，即左宗棠。死后谥号"文襄"。

② 孝廉，孝廉是汉武帝时设立的察举制考试科目，指"孝顺亲长、廉能正直"。"孝廉"在明、清两代变成对举人的雅称。

③ "左公以洗足辞"，"以"字后原衍一"值"字。

④ "此联亦易对"，原作"何干至若是耶"。

⑤ 轩渠，欢快的样子，大笑。

⑥ "出此"，原作"得一"。

⑦ "李"字原脱。

⑧ "上联"两字原脱。

⑨ "李即书下联云"，原作"李书他一联云"。

⑩ "喜而持去"，原脱"而"字。

性急。”乃各增三字成[1]：“一条笔直修行路，两扇大开清净门。”尼谢去。又有乡人婚，其妇颀高而夫殊侏儒。李贺联曰：“〡〡二。”人皆不解。或有询者，李曰：“夫妇一长一短,立则成‘〡〡’[2],卧则成‘二’,更有切似此者哉？”

① “乃各增三字成”，原脱“乃”字。

② “立则成‘〡〡’”，“立”前原衍一“坐”字。

【一九】 鲍超诗

前清鲍超[①]以营弁积功至爵帅，威镇天下。功业既定，始学署名。尝过江州卧佛寺，幕友[②]多题咏。鲍问："书何物向壁耶？"答以诗。问：诗是何物？告以音律。鲍曰："容易耳，吟哦者何也？"即口占[③]一绝云："此卧卧得好，一卧万事了。我亦如尔佛，江山谁来保？"又赐第京师时，权贵一时，翰林院诸名士辈轻之，欲一窘图快。一日，以《雀群图》求鲍题咏。鲍欣然，从容吟曰："一窠二窠三四窠，五窠六窠七八窠。食尽人间多少粟，凤凰何少尔何多？"盖窠谐科，刺翰林科第多士[④]也，众人色沮而退。先是鲍为游击[⑤]时，为发（髮）兵[⑥]围急，鲍属牍吏作乞救书，吏抹涂殊缓，鲍怒曰："岂有今日作书生态者！"夺笔急写一"鲍"字，于字外画圈数重，

---

① 鲍超（1828—1886），初字春亭，后改春霆，夔州安坪藕塘（今重庆奉节）人。行伍出身，晚清湘军名将，能征善战。曾任浙江提督、湖南提督等。1886 年 10 月 7 日病逝于家中。

② "幕友"原作"随幕"。

③ "即口占"，原脱"即"字。

④ "刺翰林科第多士"，"科第"原作"院"。

⑤ 游击，清代武官名。从三品，次于参将一级。

⑥ 发（髮）兵，指太平军。

呼骑将突围出。主将见书曰："鲍字营危矣。"发兵援之，内外合攻，发（髮）兵大溃。自是鲍超威名震江下云。

【二〇】 怪胎

妇女产子,每每有异形,是生理变态,不足为奇。然而每每有匪夷所思者。锺洞[①]李氏妇,孕八月,产一儿,皮色黑似四五十老人,下地能跳踉,家以为妖,杀之毙。守坳[②]黄家女,腹大似鼓,生蝌蚪斗馀,验之,犹室女[③]也。更有怪者,新田一妇,孕十四月不产,日渐痉[④]弱,腹则渐巨,其家乞药签[⑤]某神庙,得方银杏四两。复乞[⑥],再摇仍为原方。私议食固死,不食亦不得生[⑦];岂神知必死,故告知耶。询之妇母家,见亦同之。竟购银杏四两,煎汤饮之,至夕腹中忽动,生一物,蓝皮赤发,巨口利牙,爪森森如刃,盖夜叉也,幸早毒毙矣。又余寓濯水时,乡人锺左青之媳妊得疾,乞方张巡庙,并求降茶。得签,以示医[⑧],云:“不可服,是打胎剂也。”左乃往药店,

---

① 锺洞,地名,在平江县。

② 守坳,当地方言,意为守在家里,不出门。

③ 室女,指未婚的处女。

④ “痉”原作“痓”。

⑤ “签”原作“笺”。

⑥ “复乞”,“乞”原作“笺”。

⑦ “不食亦不得生”,原脱“得”字。

⑧ “以示医”,原脱“以”字。

店中人不允购，遂仅煎降茶饮之，遂产一物，龟首鳖身鼠尾，白毛长寸许，诚属异事也。

【二一】柴窑[①]瓶

先叔祖善鉴古物[②]，尝业古玩肆于长沙。有店佣杨某一日下乡，以碗数只换得一破瓷瓶归，以示先叔祖。高尺许，内外黑色，黝光流映，上缀五采，薄如铜片，叩之铮铮作金音。知为柴窑上品，乃允以五百金酬[③]之。杨佯诺，而私以示别肆，得价三千。知必珍物。遂潜怀瓶乘火车赴沪。翌晨先叔祖闻之，急电沪同业公会，以杨为不识货之人，可以廉得之，余必取三股云云。某肆果以四千金得之。后月余，某钜公以万余金购之去。

---

① 柴窑，五代十国皇帝周世宗柴荣的御窑。

② “古物”原作“古玩”。

③ “酬”原作“直”。

【二二】 致物

翁缦云言，渠有一同事，一日数友聚坐，其人云：“为小东道，诸君能秘不语人否？”众应之。偕至市肆，诣酒店，沽酒菜馆，买熟菜共若干，皆付值[1]之什一为定，物亦存店中。比返家，则各物皆至案上。煮酒温肴，尽欢而散。

① “值”原作“直”。后文同。

【二三】 冤魂索命

有某甲者往汉口，夜宿逆旅[①]中，夜半为訇然声惊寤，见一红衫女子冉冉拜床前。甲固胆壮，叱问是何妖物。鬼泣曰：“妾前此室主人也，为某商妇，居此室才年馀。商赴汉口，骗妾金去而不返，今于彼娶妻生子矣。妾以病死，今知君子亦往该处，倘蒙见携，冤仇得报，九泉之下，当百拜以谢也。”甲曰：“吾与尔阴阳路阻，何可携[②]带？况汝夫现已不知在于何处矣。”鬼曰：“余夫现在某某处，携亦甚易，但以木牌书妾姓字，送至某某地而已。此床左前脚后在土中三寸有埋金一锭，可取为用。”言讫不见。甲掘土取金，如其言行之，抵汉口至某某处，果见一肆，方立门前瞻望，突肆中一男子仆地，言语呼号[③]，口称索命。甲因就肆侧某逆旅中住，其家请术士劾治，术士至，若有所见，遽辞去曰：“予能劾邪妖，不能治冤魂也。”其人竟死。是夕，甲见女子至榻前叩首，且曰：“命已索得，且赴阴司对案去。”遂不见。

---

① 逆旅，客舍、旅店。

② “携”原作“并”。

③ “言语呼号”，原作“言话呼哮”。

【二四】 远道士

远道士居濯水[①]之密岩观中，非乡里产，不知其何年月自何地来，恂恂然如常人，不少异，人亦不之异也。某岁，有弄术者数人来濯水，能指人凶咎为祈免[②]，以取财物。不信者往往如其言，多死者，乡里骚然。一日弄术者至观下弄其技，里人多聚观之。道士有二徒，皆丱角[③]童子，亦往观焉。有啧啧称弄术者之神奇者，二徒曰："是妖术耳。"为弄术者所闻，遂咒诅之。二徒脑痛如刀斫，乃回观而泣告其师。道士曰："嘻，若是哉。"以手摩二徒顶，痛立止。畀[④]以己之敝伞，令二徒持之，复往观焉。嘱曰："慎毋开伞。"二徒如其言，观少顷而返。伞忽重，一人力不胜，二人舁[⑤]之归。道士接伞，启之，訇然而下者，弄术者俦[⑥]也，皆呆噤若木鸡。道士痛

① 濯水，见本书第 8 页《严寒发花》注①。

② "为祈免"原作"而祈之"。

③ 丱角，旧时儿童的发式，头发束成两角形。指童年或少年时期或童仆。

④ 畀，给予。

⑤ 舁，共同抬。

⑥ 俦，同类。

抶之，逐令出境，地方以安[①]。远道士之名大噪，然道士仍恂恂如常人，不少异。人多奉之者，笑不纳。然密岩观香火大盛，道士不胜其烦，一夕不知所终。

曰：视其恂恂然一若庸俗态者，少出其技，遂令邪魔慑伏，闾里以安，又能善隐其锋，一不异常人者，远道士可谓有术者矣。

①“地方以安”，“地方”前原衍一“出”字。

【二五】 周神仙

周神仙[①]者，平江三眼桥人，少孤而贫，无赖乡里间。一日至某处，途中遇一老者同行，发须皤然，然而步履甚健。值大暑，渴甚。途傍有茶肆，周少憩，老人亦憩。周索茶饮，老人亦索茶饮，而不偿值。茶人怒，欲殴老人。周悯之，出钱代偿，茶人始罢，而老人漠然若不见闻者。周始恶之，以其异，姑置之[②]。已而周每抵茶肆饮[③]，老人必如是，而周必代老人偿，老人必不理周。行抵河埠，水流汹涌[④]。值渡舟将启，周急欲登，老人以手执周臂而舟驶矣。周怒之，老人曰："无庸，舟将覆耳。"既而舟果覆。周乃大奇老人，以为仙，叩首求为弟子。老人怫然曰："太恶作剧。"掉臂竟去。周随行[⑤]哀求之。老人乃曰：

① 周神仙，名周仲评，术士。一时在长沙享有盛名，1937 年 3 月，利用湖南省银行出纳课长戴运衡欲让其找回丢失钱财的迷信心理，串通戴运衡，陆续卷去湖南省银行 22 万余元，事情败露后落入法网。1938 年 1 月 29 日傍晚 6 时被绑赴长沙南门口，以邪术诈财、贪污极恶之罪名，执行枪决。（据湖南《大公报》1938 年 1 月 30 日报道）

② "姑置之"原作"姑含之"。

③ "周每抵茶肆饮"，原脱"每"字。

④ "水流汹涌"原作"水流汹澎"。

⑤ "行"原作"而"。

“如是，尔可于此河浜候余三年，俟余再至可也。”周欣然诺之。老人予钱一串，遂去。周觉饥，乃去河上肆中购物食之，摸袋中钱，一串如故。周乃俟之三年，老人果至。携之去幕阜山深岩中，授以道术。成而令下山，嘱曰：“仙才难得，成仙尤难。汝当珍重道法[①]，以济众生，可成仙果，慎之慎之。”周诺拜下山，返故里，而一贫如故[②]，不安本分亦如故[③]。曰：“有如是术，何愁不得享乐；神仙清苦，有何可羡？”乃至长沙，出其术以眩世人。则呼风唤雨，召将擒妖；致物则九州方外，可以坐致珍奇；运五雷于指掌，无坚不可以摧，而“周神仙”之名大噪。有疾求禳，失物求复，百验不失。渐而华轩大厦，高车肥马，仆婢妻妾，筵席珍奇，虽大富贵家莫可比拟，显宦高官平辈交往，儒士大夫率拜门下，煊赫[④]一时。仍不安本分，运玄妙之术，竟搬运银行现金数百万，府库为虚。省长张治中[⑤]素恶周眩惑世俗，料知匪周别无是法。召部僚[⑥]议擒周而死之。言未已，众皆瞠目吐舌，惟言罪过。张竟易服率便衣骁骑藏秽物于

① “汝当珍重道法”，原脱“当”字。

② “而一贫如故”，原脱“而”字；“贫”原作“穷”。

③ “不安本分亦如故”，“亦如故”三字今增。

④ “赫”原作“爀”。

⑤ 张治中（1890—1969），字文白，安徽巢县（今安徽巢湖）人。黄埔系骨干将领，中国国民革命军陆军二级上将，1937 年 11 月，任湖南省主席。

⑥ “部僚”后原衍一“而”字。

身，诈为往谒周神仙者。就座间擒之，以秽物污渍其首，以铁丝贯其肩胛，押归省府，士民乞释周神仙者不可计，张竟枪决之云。

曰：呜呼，仙才之难得也，享乐之惑人也，近世斯烈[1]，周神仙者是已。犹忆余六岁时，余父率以谒周神仙，谓吾两肩各有黑痣[2]，两膝盖骨不同，是为孽障，可以千金禳之。余父笑曰："儿女系夫命也，余守命而已。"周怏怏也。卒以是取祸。余不知彼老人者知之[3]，何以自处也？其所以神仙之事，愈以少见之由欤。

---

①"斯烈"，原衍一"矣"字。

②"痣"原作"志"。

③"彼老人者知之"，"彼"字原脱；"知之"原作"知此"。

【二六】 鸦破奇狱

余家寓濯水[①]时，有乡人某甲[②]，故[③]无赖子，其兄素恶之，每欲除而甘心。一日某甲携棉花往近地一弹花店求弹。以棉未除子，店主拒之。某甲乃咆哮争骂，店主亦不让。而店主父出，叱店主令其速为某甲弹。店主以父命故，遂忍而弹之，毕，而某甲身无钱以偿[④]。店主固索，其父又出而解之，令某甲持棉去，而嘱其速来偿值，某甲亦诺之。既而返家，天已昏，某甲仍取钱向途。其妻曰："天已夜矣，曷不明日去？"某甲固不可，竟去。渠故畜一犬，甚机警，亦随之。既而其夕某甲未归。妻以其素习，不之异也。翌日晨，其犬至家，呜呜发声，盘旋于其妻之侧。妻以为犬狎，叱之曰："汝随汝主人出，曷不随汝主人归？汝主人现在何处？"犬忽衔妻衣角而曳之。妻心怪之，乃随之去。犬出门，循小路登山至一草地，其草皆新铲去，犬以爪抓土。妻骇之，乃尽呼邻族而告以故。众人乃至犬所而掘之，未见

① 濯水，地名。见本书第 8 页《严寒发花》注①。
② "有乡人某甲"，"有"字后原衍一"某"字。
③ "故"原作"固"。
④ "偿"原作"直（值）"。

何物，但于距此不远处[①]，获死人头后皮一块，腥血斑[②]然，上有一疤，则某甲脑上特志也。妻至是知夫已死矣，以某甲系往弹棉店主家，疑必为店主之谋，于是聚众携头皮[③]而诉于乡公所[④]。乡长拘店主至，则漠然不知，称某甲并未至其家，且口角小嫌，岂至杀人哉？乡长亦知必非店主所[⑤]为，是夕祷于神，求神昭之。其夜梦神语之云："明日晨有乌鸦栖庑下，尔可随之，必当白也。"乡长醒而记之。次日晨果有一鸦至[⑥]庑下，乡长乃呼数弁随己而踪迹之。鸦飞至一大树，树老而中空，则一尸在焉，脑后削去皮一片[⑦]。舁之返乡公所，传某甲妻及众人至，取头皮合之宛然为某甲也[⑧]。盖某甲脑后之疤为特志，凶手除以杜识也。乡长乃讹言神已示凶手之名，一时神显之事，播之一乡；俄而某甲之兄携家小遁去，于是始知杀某甲者其兄也，而弹花店主之冤乃白。未几，缉者[⑨]获某甲之兄，遂死之。

---

① "但于距此不远处"，原作"更于距地不远处"。

② "斑"原作"班"。

③ "头皮"，原脱"头"字，下同。

④ 乡公所，旧时政府乡级机构，即乡政府。

⑤ "所"原作"之"。

⑥ "至"原作"止"，下同。

⑦ "脑后削去皮一片"，"皮一片"三字今增。

⑧ "宛然为某甲也"，原脱"然"字。

⑨ "者"原作"骑"。

曰：世之杀人者多矣，然未闻各[1]有神昭之者，何哉？盖神若不昭，则店主之冤不可白；是则神之昭者，为店主而昭者也。

①“各”原作“二”。

【二七】 槐抱榆

平江启明女师[1]校址，故县署也，有大院落[2]，中[3]生一巨槐，苍纹斑驳，大可数抱。其干中空，内[4]生一榆，大亦抱余。二树之柯叶，荫蔽全院[5]。树下有碑，篆文四字云“槐抱榆记”。下更有小字，模糊不辨矣。

---

① 平江启明女师，即平江启明女子学校，为平江先贤凌容众、李樵松夫妇抱着“普及教育”的理想创建于 1907 年。为平江县启明中学前身。

② “有大院落”，句首原衍一“中”字。

③ “中”原作“其角”。

④ “内”原作“而”。

⑤ “荫蔽全院”，原作“荫全一院”。

【二八】 王生

吾乡风俗，人死后周年或三岁，其子必为之建道场，而后可以除死者之灵位，谓之除灵①。有王生者，锺洞②人，无赖好赌；父死二年，灵固未除也。是年腊月夜③，母语之曰：“汝父死二年矣，灵亦当除。今岁且毕，明年汝须备赀为之。”王生闻言，阴取父之灵位，以大杵椎之碎，而谓母曰：“灵除矣。”母诘之，以实告④。母骇且怒，然无如之何，暗泣而已。至夕母寝，王生独坐向火，突二友入户，曰：“君殊寂寞，某家有小小赌局，盍往一戏乎？”王生欣然同行。至丛薄间，二人忽化作皂衣鬼，扑⑤王生于地曰：“逆子！我曹奉土地命，取尔命也。”捶⑥之垂死。偶有夜行人过，二鬼乃去。人闻路侧有呻声，呼近人烛之，是王生。舁之归家，翌日竟卒。

---

①“除灵”原作“椎灵”。平江方言，“椎”“捶”皆与“除”同音。

② 锺洞，地名，见本书第28页《怪胎》注①。

③“是年腊月夜”，原作“二年之腊月夜”。

④“以实告”，原作“王生告以实”。

⑤“扑”原作“仆”。

⑥“捶”原作“搥”。

【二九】 鬼吃鸡

有人夜行经某地，肩荷重担，行既久，亟思一歇足地。见陇亩中有灯光，遂趋之，乃小屋一楹。方欲叩户，忽屋侧一人招之。其人近去，彼人轻问曰："汝思吃鸡否？"其人亦姑应之。乃随彼人循小巷至厨房，房中暗甚。闻[1]隔房人语，且有灯，知为姑[2]病而媳侍者。旋至灶下，见炭火烹一鸡，彼人以鼻近而嗅之，其人乃以手取而大吃。将完时，闻姑语曰："速去取鸡来。"媳诺之。彼人急扯其人伏积薪后。俄而媳持灯来，见灶下鸡骨零星[3]，钵中已罄[4]。大惊，去以语姑，若惶悚之至者。即闻姑大怒，骂媳谓其必己偷食，诟谇不已，媳惟啜泣。姑骂令其即刻另奉一鸡[5]，否则必死。媳乃泣入厨室，取挑水索缢梁上。彼人似甚喜者，其人大骇且愧，亟奔出断索而救媳，云鸡乃余适间偷吃，今愿出值偿之；又入向姑解说，且云余乃君家大郎子唤来者。姑媳

① "闻"原作"然"。
② 姑，指媳妇之婆婆。
③ "鸡骨零星"原作"残骸星零"。
④ "罄"原作"磬"。
⑤ "令其即刻另奉一鸡"，原作"令其即备一鸡"。

均云，家无男子，何来大郎[①]？其人不悦，竟荷担辞去。行甫离屋，忽一鬼披发吐舌云：“吾事殆成，为尔多事破之，今[②]与汝不两立。”竟搏其人。其人怖骇，弃担奔返屋中，为述其事。姑媳大骇，始悟彼人缢鬼也，欲害媳而吃鸡。己[③]不能吃，而诱其人吃之，鬼计亦云巧矣。

曰：鬼之欲害人也，虽计巧而卒败。而人之害人者，能为败者鲜矣，故鬼计不如人计。

---

① “大郎”原作“什人”。

② “今与汝不两立”，“今”字后原衍一“余”字。

③ “己不能吃”，“己”原误为“已”。

【三〇】剑客

民国十余年中[1]，有士人供职湖南省政府，无家无妻子，独赁僻巷中一屋，工余而归自炊饪[2]焉。辟一小室，严扃[3]四窗，门加重钥，惟每朝夕入一视之，久而勿异。或有同僚好事者，欲一穷其蕴，乃设酒于一同僚之家，招士人饮而醉之，取其钥而启其室，入内视之。见案上小炉中爇[4]短剑，精光四射，众沃[5]以水，火熄而剑裂矣。乃出室，锁之如故[6]。返家醒士人而告之，士人大沮，叹曰："十年辛苦，为汝等败尽矣！"众固诘之，不答。再三叩之，乃曰："汝等今夜可至城郊某处大树下候余，当与汝等言之。"遂匆匆去。众果于夜往大树下，久候而士人不见至，以为诳也。才欲归，忽有尺光自天际来，其白若晶，寒森逼人，蜿蜒如游龙。顷至树下，绕之一匝，大树轰然倒地矣。众始知士人者，剑客之流也。共与

① "民国十余年中"，原脱"国"字。

② "饪"原作"纴"。

③ 扃，关闭。

④ 爇，点燃、焚烧。

⑤ 沃，浇。

⑥ "锁之如故"，原作"为之锁如故"。

诧叹返家。翌[1]日访之，不知所之。

①“翌”原误为“昇”。

【三一】 长寿孝子

孝子者，隐其名，以其乡里[①]在吾邑长寿乡[②]，故称其[③]曰长寿孝子云。周晬[④]丧母，十二岁父以嫌隙为仇杀毙，其事甚秘。孝子后[⑤]知之，痛心疾首，誓报父仇。然自知力薄不敢举，佯作不知者[⑥]。家无产，乃为商家僮。十六岁，以仇邑城人，乃夤缘[⑦]入邑城[⑧]某家为仆。日夕迹仇，如是者七载。闻仇家索仆，遂自荐焉，取值特廉，仇利而取之。孝子力役求得[⑨]。仇家以其勤且谨也，顾重之。又三年大祸起[⑩]，平浏[⑪]间乡里骚然，孝子乃秘得匕首，怀胸际而外益诚朴。一日，仇率孝子下乡，经山谷中，孝子

① “以其乡里”，原脱“乡”字。
② 长寿乡，地名，见本书第 7 页《搏虎救弟》注④。
③ “其”原作“之”。
④ 晬，古代称婴儿满一百天或一周岁。
⑤ “后”原作“即”。
⑥ “佯作不知者”，原作“乃佯不知者”。
⑦ 夤缘，拉拢关系。
⑧ “城”字今补。
⑨ “求得”原作“求仇欢”。
⑩ “又三年大祸起”，原作“民十九年赤祸起”。
⑪ 平浏，指平江和浏阳一带。

行且后，回顾四野阒无人[1]，乃迅出刃刺仇背，洞其胸而死之。弃刃倍道[2]返长寿，计出乡[3]十岁矣。里人但知其出佣，皆忽之[4]。比乱定，仇家以兵燹失散，事竟寝[5]。孝子尚有余蓄，至是乃娶妇力田，今且大家矣。

曰：百善之中，孝莫大矣。若长寿孝子者，可谓孝耶非耶？予闻楚地有材，迄今虽衰弗绝。每有忠孝节义之人，特立草野之中。又闻孝为天性，人之初，性本善也。然习俗蒸染，性多汩[6]没为凶残俗鄙矣。则是长寿孝子者，其秉地秀而生者欤，抑本性未汩之人欤？

---

① “四野阒无人”，“无”字后原衍一“少”字。

② 倍道，以加倍的速度兼程而行，一日走两日的路程。

③ “乡”原作“邑”。

④ “皆忽之”，原作“故莫名”。

⑤ 寝，平息。

⑥ 汩，腐蚀，侵蚀。

【三二】 长沙猴

《聊斋志异》曾记长沙有猴，颈拖金链[①]金牌，上铭明藩邸[②]物云云。予幼时闻亲戚云，有大家妇，夜每闻楼上链锁悉索之声，甚异之[③]。一夕，乃明缸静坐床上以伺。遂见一巨猴，自楼上下，颈有金圈系金链，链上有牌，人立近床，跪妇足旁。妇察其似无害意，乃问曰："尔有何事求我，乃跪我？"猴以手摸颈圈作断之状。妇意其欲去之，遂以手脱之，而小不可出，乃开[④]箱出剪刀。猴遂大惊，跳踉去，竟不至。后有人见之于城南书院梁上者，又有人见之于圣庙[⑤]天花板中者。文夕大火[⑥]后，乃渺然不复闻。

---

① "链"，原作"练"，下同。

② 明藩邸，即明藩府，在旧长沙城正中，明太祖封第八子梓为潭王，英宗封第七子见浚为吉王，都在长沙，称为藩府。

③ "甚异之"，句首原衍一"乃"字。

④ "开"原作"抽"。

⑤ 圣庙，即长沙文庙。

⑥ 文夕大火，1938年11月，日寇攻占岳阳，逼近长沙，国民政府以"焦土抗战"为名，火烧长沙。事件发生于1938年11月12日，因当日的电报代日韵目是"文"，大火又发生在夜里，所以称此次大火为"文夕大火"。

【三三】 廖五

廖五,长沙人,以贩鲜鱼为业。其家有狐①富之,每卖鱼,盆中常不尽,故渐充裕,家以饶。然廖妻泼悍,一日失只履,廖妻大骂,家中鸡犬不宁。狐恶之,于梁上出声叱廖妻,妻亦詈狐。自此狐乃恶作剧,时而箱中自燃,凡妻之衣物尽燃②,而不及廖。妻每出恶言,即遭掌掴,又剪妻发至秃。家中骚然,廖五亦不聊生,不卖鱼矣,渐而家穷如故。有夕,廖梦狐向之言曰:“我向有惠于君,而君妻可恼,乃收回余之惠君家者。今余且去,君如欲余去者,明日可作小小酬禳③,余即去矣。”廖五醒而告妻,妻惟恐不速,乃促廖五,而家无一文④。廖五欲出借贷,以天雨入室取屐。屐中有钱三角。遂买酒肉而祭狐,恰符钱数。自是狐乃绝。

曰:妇泼悍,天下之通病也。安得家家有此狐,燃其衣,截其发,掴其面哉?

---

① 狐,指狐狸精。

② “燃”原作“然”。后同。

③ 酬禳,一种有一定报酬的祈祷禳除灾殃的仪式。

④ “家无一文”,“家”后原衍“中”字。

【三四】 鬼同行

有徐氏子应征服兵役，殁于阵。家中得耗，为之作超度。前一夕，有人夜行，见徐氏子亦包袱急走[1]；此人固不识徐，乃与同行。途中各言乡里，盖相距不十里也。渐谈及鬼，其人曰：“鬼乎，吾素不相信鬼，吾亦未曾见之也。”徐鬼乃力争鬼有，其人又力争鬼无。徐鬼曰：“汝若不信，我即鬼也，试回首观之。”其人返视，则见一血肉模糊[2]阴气森森之鬼立后，始惧。徐鬼遂化人形而慰之。已而至分路处，两两而行。其人返家，翌日乃备香帛至徐家而吊之，果见道场。徐家询以向不识何故来吊？其人乃具言其事，且述其形状。徐家乃大异诧，更为之加修道场。此事在予邑锺洞[3]，予亲闻之于家苍松[4]云。

① “走”原作“行”。

② “模糊”原作“漠糊”。

③ 锺洞，地名，见本书第28页《怪胎》注①。

④ “家苍松”，原无“家”字；锺苍松为作者一家避难时租居屋主。

【三五】 盐霜

木贞乡[①]有地名盐泥潭者。某岁酷暑，晨间视草木上白者灿然，人以为霜[②]，奇之，取而试之，乃盐也。一时传遍一邑。有地方豪者，遂集赀于当地熬盐，亦无成效，思之不得其由。予兄仲功以为：“必土中水含盐分，酷暑日中，草木叶面蒸发加快，故含盐之水乃由根茎迅输叶面，水分蒸发盐乃存留；但因水不断输上，故盐不得凝固，迨至夜晚蒸发停止，而盐遂现矣。”予以为然，乃附志之[③]。

① 木贞乡，地名，见本书第 15 页《三足鸟》注②。

② “白者灿然，人以为霜”，“然”原作“者”；“人”原作“居地”。

③ “予以为然，乃附志之”，“予以为然”四字今增；“乃”原作“亦”。

【三六】 狐祟

长寿[①]有方家妇，其夫文弱，不能治生，妇常郁郁。一日提猪食往猪栏饲猪，足小途远，颇觉为苦。至柴房门前，乃倚门少憩。窃思嫁得如许男子，乃须己操作，不禁自伤；又思若得丈夫能代劳，则甚善矣[②]。忽有少年美男子自后门入，即代为提猪食，且调[③]之，妇亦欣然，恨相见之晚也。自是，男子辄夜来，时携果饵饷妇。初是妇仅夜拒其夫同卧，久之渐瘦弱，亦知男子之为狐，但亦不能拒之。其父母亦知狐祟，聘术士驱之去。妇才好三四日，其夫扫地误拔术士所下之桃杙[④]，而狐复来家。再以重金聘术士，始收狐去。妇大病年余得复[⑤]，然家已荡然矣[⑥]。

曰：倚门一念，遂至如斯。念之于人大矣哉！观方氏妇之事，而后知念之必慎。

---

① 长寿，地名，见本书第 7 页《搏虎救弟》注④。

② “则甚善矣”，“甚善”原作“善善”。

③ 调，调戏。

④ 桃杙，即桃橛，旧时用以辟邪。

⑤ “妇大病年余得复”，句首原衍一“而”字。

⑥ “家已荡然矣”，原无“然”字。

【三七】 机巧

献钟[①]某，生而有奇智，能作械器，类皆机巧。民初某以铁自铸枪二支，一支一发一丸能连出如贯珠，一支一出五丸，自击鸟兽。后土匪知某能造枪，将来掳之，幸先遁。自后不敢制枪，返为农夫。制一车，人坐其上，以足踏机能自行，车下装耨可代犁[②]。又尝造一器如匣，引线十根，置器塘河中，线分散各装钓饵[③]，鱼衔此线则机动而线缩，衔彼线亦如之，用以捕鱼恒满筐而归。然乡人目为疯邪，不之理，竟淹没之。惜哉！此予表兄喻莲生为予言之。

---

① 献钟，地名，即今平江县献钟乡。

② “可代犁”原作“可以代犁”。

③ “线分散各装钓饵”，原作“线分散十方上装钩饵”。

【三八】 鬼索镪[1]

予邻人锺问松尝言，渠于浙江某师范任书记，一夕夜半矣，忽一邻僧叩校门，工人出视。僧云校前田沟中倒一学生，故来相告，言讫乃去。于是学校员工赴田中[2]，果一学生僵卧，已不能言。遂令二工人抬归，灌以姜汁，良久乃苏。自云："宿舍中来一人，挟我出，我随之逾垣，殊似平地。至田畔，其人云，渠是鬼，乃我乡人，于此乏资斧，不克回，要我焚三千冥镪与之。我不肯，鬼乃将我打倒田沟，我遂昏死矣。"

曰：全校多少人而必索此一人者，盖以同乡故耳，鬼固不糊涂矣。学生太吝，挨打不亦宜乎？

---

① 镪，指成串的钱。泛指钱币。这里指纸钱、冥币。

② "学校员工赴田中"，原作"全校均赴田中"。

【三九】 凌德成

问松又云，渠于军中时，有兵名凌德成，忽得狂疾，云：“师傅缚且挞我，索昔予我之法衣物。”且疾呼痛楚，终日弗得止。既而好如初；询之则云：“我①少年在乡，曾入白莲教，师傅与以②法衣法刀等③物；每出为盗，披法衣则枪不能伤④。后教会散，我遂将衣物悉毁之矣⑤。今忽见师傅缚我于大柱上，索我物且挞我，去犹云，三日后复至也。”后三日，凌德成果狂疾又作，日许又愈，其言也如初。众人欲为之祈禳，而营中不许也。其后病隔数日必发⑥。久亦不复异之⑦。后年余，有兵士携以宿娼，一夕之后，乃不复发⑧。

---

①“我”原作“彼”。

②“与以”原作“予有”。

③“等”原作“之”。

④“不能伤”原作“不可伤”。

⑤“我遂将衣物悉毁之矣”，原作“已遂以衣物悉烧之矣”。

⑥“其后病隔数日必发”，原作“率后三数日必作”。

⑦“久亦不复异之”，“久”字后原衍一“之”字。

⑧“乃不复发”原作“乃不发”。

【四〇】龙

民国十五年丙寅[①]，湘省大水。平江幕阜山[②]下，一屋凭山立。屋主人者，善长者也，一夕梦伟丈夫语之曰："余潜龙也，今且出，舍此不可。乃告汝，欲免难，可于屋后山中引小渠通河即得。后三日，余且出矣。"主人如其言，掘渠而俟之。三日后，果见渠中水益急，一小龙蜿蜒如蚓循水去，去至大河，霹霆大作，水一涨[③]十丈，低地尽成泽国矣。

---

① "民国十五年丙寅"，原作"民国十六年丙戌寅"。

② 幕阜山，地名，见本书第7页《搏虎救弟》注①。

③ "涨"原讹为"长"。

【四一】 一王爷

湘西多盗，盗首每每割据一乡，俨如列国，倾轧联携，当局莫可问。一王爷者，本名张衍一，其乡人皆尊之曰一王爷，今亦从而呼之。为溆浦[①]一盗魁，有一乡之势，而阴欲结县官力而并邻乡。其邻乡之魁某甲，为一王爷之盟弟，又势强远过一王爷，知一王爷之欲阴袭己也，乘其在县城，伏兵尽截其归道。一王爷知其谋，知潜逃不能，乃从大道行。遇伏兵欲执之。一王爷佯为大怒，叱曰："尔辈安敢无礼。"兵诃[②]云："我主将执尔而死之，尔尚强耶？"一王爷骂曰："汝语自何而来？尔主某甲为我盟弟也，某甲今有大祸且至，尔等将死。我以弟兄义重，特来救汝主，尔辈反敢无礼，抑何故也？"兵众惑之，乃率以见某甲。一王爷见某甲，厉叱之曰[③]："汝有大危且至，余以弟兄之谊间关来告，汝反令若辈[④]辱余，是何居心耶？"某甲以所闻告，一王爷愈怒曰："汝置盟义于不顾，竟[⑤]信离间之言，真非人也。"某甲

---

① 溆浦，即湖南溆浦县。

② 诃，同呵，怒责。

③ "厉叱之曰"，"厉叱"前原衍一"而"字。

④ 若辈，指这些人、这等人。

⑤ "竟"原作"以"。

谢罪，询故。一王爷曰：“以汝一人之力，能抗县官之师否？”曰：“不能也。”曰：“然则以我二人合力，能抗否耶？”某甲不语。一王爷曰：“县官欲攻汝久矣，所忌者余为助耳。昨官召我入城，令我助彼以攻汝。余以义重于利，乃佯允之。彼又恐余之不绝汝，故又扬言令汝仇我。汝今杀余，余部必忿而联官以攻汝，汝无葬身之地[1]矣！”某甲大恐，乃求一王爷。一王爷曰：“余固不害汝也，但恐汝不诚，奈何？”某甲跪地[2]而誓于天。一王爷曰：“如是，则借汝之乘马[3]与余以行。”某甲奉之。一王爷乃乘某甲之马[4]别而行。道上遇他伏兵，一王爷昂然以过。兵见如此，皆不敢问，乃得脱。自后政府重清乡，谷正伦[5]将军剿湘西。一王爷曰：“智者自量力而不矫[6]强也。乃首以兵降。其不降[7]者，次第授首[8]。湘西既定，谷思一王爷之不可留，知其无兵，以官一人率兵八人往

① “葬身之地”，原脱“之”。

② “跪地”，原脱“地”。

③ “则借汝之乘马”，“则”字后原衍一“汝”字。

④ “某甲之马”，“马”字后原衍一“别”字。

⑤ 谷正伦（1890—1953），贵州安顺人，字纪常，中国国民革命军陆军中将。1939 年 2 月，出任鄂湘川黔绥靖主任兼第六战区副司令长官。曾任甘肃省政府主席，贵州省政府主席等职。1953 年 11 月 3 日病逝于台北。

⑥ “不”后原脱“矫”。

⑦ “不降”原作“馀抗”。

⑧ 授首，指投降或被杀。

其家捕之。入其室，一王爷曰：“余即行。”因取灶上铜镟[①]，重三十斤，作斟水状，而猝击官，破其颅。八兵惊诧，不及举枪，又死三人，五人却走。一王爷恐室外人众，纵身欲破瓦逃脱[②]，兵以枪中其一足，乃擒获[③]。谷欲死之，以军中多其宿羽，遂[④]释之。一王爷乃潜踪家园，耕耘自乐，今且小康矣。

曰：天之生才难矣[⑤]！读诸史传[⑥]，有英雄豪杰出，则国以强，民以安。观夫一王爷，其才智胆略，古之英雄豪杰何加焉？而国以乱，民以伤，卒湮没于草莽之中，谁之罪欤？谁之罪欤？

---

① 铜镟，原意为铜制的圆形温酒器，亦泛指铜制的热水炉。此指铜壶，三十斤为盛满水后之总重量。

② “纵身欲破瓦逃脱”，原作“乃从瓦上脱”。

③ “中其一足，乃擒获”，原作“中一足，乃获”。

④ “遂”原作“乃”。

⑤ “矣”原讹作“以”。

⑥ “读诸史传”，原作“观夫史传”。

【四二】 青草法[1]

① 原稿有目无文。

从《蛛窗述闻》看锺叔河作文

赵倚平

今年四月，我到长沙止间书店参加一个因为疫情封控而被搁置了半年之久的新书分享活动。到了长沙，当然一定要去拜望我一直崇敬的锺老。记得那天下午，我与任理兄一起赶到念楼。这距上次我拜见锺老已有近两年半时间了，其间锺老不幸于二〇二一年九月再次中风，这次生病，给他留下了严重的后遗症——左边半身偏瘫。但这不算最坏，任理兄告诉我，后来的新型冠状病毒感染对老人的打击更大，使他的身体雪上加霜。

再次见到锺老，他已经从过去读书写作的北边的书房移到南边的房间，而且是半躺在了床上。我还注意到，客厅右侧的墙上加装了一道扶手，我知道，这是为了便于他行走锻炼。这些都让我感到心酸而又无能为力。好在锺老很达观，他对病情真是做到“既来之，则安之”，不消极，不沮丧，坦然面对。我们谈了很多话，他依然那样睿智通达。我这次带来了之前买的他新出的《锺叔河集》第一卷和别的书，请他签名。他忽然问我有没有他的《蛛窗述闻》，我说没有听说过有这本书。他示意任理从床对面的书架上拿出一本红色的书来，递到我手上。我一看，这是一本十六开本的书，封面精装布纹，烫金印着大约三号字大小的“蛛窗述闻”，内容是影印锺老这本书的原稿。任理说，这是海豚出版社俞晓群为祝贺锺老八十五岁寿诞而做的，只印了五百本，现在孔夫子网已卖到三四百元一本。锺老说：我所得的样书现在就多出这一本了，送给你。然后，锺老拿过书为我题款赠言，他在扉页写下：“此系抗战胜利后留在平江读完初二时的习作，幼稚极矣。友人为影印以为纪念，实不堪持赠，聊表寸心而已。赵倚平君谅之。”他又不无遗憾地说，这书当时应该有一个出版说明才好。对我来说，这是意外的收获，当然非常高兴。在回来的路上，任理兄翻到书的最后一页，指着上面用钢笔所写的一行字“含光高五班女学生周文辉冤死报恨寄”告诉我，这是这个笔记本（锺老写作所用的本子）的主人所写，后来她自杀了，这本子应该是她自杀前寄给锺老的姐姐的。任理兄不愧是研究文史的学者，他说他在当年的报纸上找到了相关报道，写了一篇考证文字，已经发表出来了。

回到西安，我即翻开《蛛窗述闻》来读。正如锺老题词上说的，这是他十四五岁读初级中学时的习作，以古文的格式竖写，笔记体，文言文，字迹工整、流利、娟秀。所记四十一则故事,离奇古怪,读来兴味盎然。然而在读的过程中，我也碰到了问题。因为锺老是以文言的形式来写，没有标点，我有时会碰到断句的问题，似可这样，似可那样，究竟怎样？心中疑惑，想这个只有作者自己最清楚；还有就是一些字尤其是生僻的字,锺老以那时并未统一规范的简体来写,如“屬”作“FORMULA”之类；有的从字典可以查到，有的则查不到，究竟是古字还是方言，还是笔误？心中又是悬疑。于是心生一念，自己想，这本书固然是朋友送锺老的一件贺礼，印数很少，但它毕竟已经行世，读者中和我有同感之人不知凡几。我又想到锺老当时说的这本书应该有一个出版说明的话，就想何不将此书重新编辑一番，正字，断句，注释，再加一个前言，说明成书的背景，再附上任理兄对周文辉事件的考证等，岂不圆满？虽觉自己力有不逮，但想有锺老在后面把关和指导，未必不能做好。于是给任理兄打电话告诉我的想法，请他跟我一起来做这件事，任理兄听后，也认为很有意义，完全赞同。

我便试着将前面几篇进行文字转录（转为电子版），并按照自己的理解识字、断句、加注，然后打印出样稿，写了一信给锺老，说了我们的想法，并询问影印本版权方面的情况等。

锺老收到信后，对我们的想法表示支持，而且版权方面也不存在问题。他把任理叫去耳提面命一番，让任理转告我。于是，我便动手进行全书文字的转换和初步编辑。这时我也感染了新冠病毒，身体不适，工作进度缓慢。完工以后，我把稿件打印寄给锺老，给任理发了电子版。等待他们审阅后进一步的修改意见。

一段时间后，锺老把任理约到念楼。他已经把我打印的书稿对照原稿整个进行了详细的校改。从将来书籍排版的格式、标点符号到断句，包括我转录时的错疏，认认真真，一丝不苟地校改。一个九十多岁缠绵病榻的老人，不但清晰地标注了所改内容,而且还把我打字时错“循”为“遁”、错“讫”为“迄”、错“己”为“已”等都一一揪出，显示了一个出版家的细致和严谨，让我肃然起敬，同时赧颜流汗。更让人欣喜的是，老人还对部分文字进行了润色。我原来并没有这样的想法，本想能够让读者把影印本与排印本互看就够了。而锺老的增删润色，又为读者提供一个互相比较文本的机会，从中学习到怎样遣词造句和更好地表情达意。这也正是我在编书过程中吸收到的营养。当然，凡所改之处，包括衍文、讹字、脱字，排印本都一一做了注释。任理兄和锺老还就书籍的内容和结构进行了商议，基本上定下了这本书出版的形式。于是我又按照锺老审定的稿子和任理兄的意见进行了改正。

上次在锺老处，任理兄对锺老说，这本书其实也应该收入他的文集。锺老当时没说未收的理由，只是说没有收。以我忖度，在编文集时，也许他根本就没有考虑把它收入；也许也曾考虑过，但正像他送我影印本时题词所表示的，认为其很幼稚，所以不收。固然，这是他初中还未读完时所写的文字，在他看来，当然是幼稚的。但我们读来，却并不见其幼稚。比照中国古代的笔记体文字，也并不见得逊色多少。虽然他的初衷，只是练习作文和供自己日后阅看，但后来这类文字，因社会变迁，却越发稀少且几近于无了。能有这样一本，已很罕见，因此出版流布，还是有意义的。对于社会学民俗学家来说，可以从中窥到当时湖南社会的民俗风情之一斑。对于爱读故事的人来说，这些志怪与传奇，光怪陆离，也很有些味道（至于其中的"荒诞不经"[①],与传统的志怪小说一脉，而不宜目之为封建迷信）。而对于研究锺叔河的人，这本书也可以提供一些早期的资料。从中可以看到一个少年，孜孜于父辈聚谈的一侧，饶有兴趣地倾听，并用一个暑假把自己认为有意思的部分诉之于文字。由此可以看到他的勤奋和闪烁的文学才华；也可发现锺老之爱读古人笔记的源头；可以看到不到十五岁的他已经涉猎《阅微草堂笔记》这本小说及《阅微草堂笔记》对这本书的影响；还可以看到他的用心和善于积累（如《严寒发花》《三足乌》和《槐抱榆》是自己对自然的观察；《机巧》和《鬼索镪》为听表兄和邻人所讲；《盐霜》里记下自己所认同的兄长的见解等）；而从有些故事后面的"曰"中，看到作为一个初中学生的他对社会的评论及他的人生观点，这也是后来《念楼学短·念楼曰》的嚆矢和滥觞；甚至还可以从中看到当年在长沙城呼风唤雨名噪一时的"周神仙"，在见到童年的锺叔河时，吓唬家长说他"两肩各有黑痣，两膝盖骨不同，是为孽障"，也由此可见他父亲不凡的见识。这些，我觉得都是不可多得的珍贵史料。

在这本书编讫之际，我拉拉杂杂地写下这本书重新编辑的整个过程，以让读者有一个了解。这本书能在七十八年之

---

① 锺老本书"弁言"中语。

后，再经作者亲自修订，是非常难得的。而我们能与锺老合作促成这本书的出版，则让我们倍感荣幸。新出的这本书，既可读影印本，领略作者手稿的风采，又可读更加清晰畅晓的排印本，还可以通过影印排印的互读以及通过注释了解文本的变化。总之是一个更好的读本。

2023年9月12日—10月17日

《蛛窗述闻》的稿本及其他

任理

锺叔河、朱正两位老人满八十五岁时，俞晓群、杨小洲两先生来长沙祝贺，为贺寿小批量制作了锺老少年时期的一部习作稿本《蛛窗述闻》，印数五百本，由海豚出版社印行。

该书全文影印，同原稿本一般大小。锺老少年时书法工整，完全可辨识。作为收藏，当是锺老著述中最有意思的一本。

初翻此书时，我大为吃惊，锺老少时的毛笔字竟如此整齐，不由连声称赞。锺老笑笑说，我的毛笔字很一般，在班上不算好的，但我的作文是排在前几名的。锺老告诉我，当时他学名“锺雄”，谱名“叔和”，后来觉得这两个名字都与不少人雷同，于是改成了“叔河”。

翻阅时发现，原稿是写在二十世纪四十年代湖南私立含光女子中学专用的国文笔记本上的。还发现，锺老写稿时用过两个不同的号，“病鹃”和“瘦鹃”。问及缘由，锺老一脸茫然，他自己也没注意到这个细节，后稍缓说道，取这个号，是受了鸳鸯蝴蝶派小说的影响，看得出少年特有的伤感，以后再没用这两个号，自己也忘记了。

锺老说，杨小洲将此书做得不错，但有缺陷。封面用字（书名）太小，也少了个前言，应该介绍此书由来与成书经过，另外他还把影印件的封面与封底弄反了。

锺老说，此笔记本是他姐姐（锺城北）所有，前大半已经写满了其他内容，后小半则为空白。锺老于是利用空白页作习作。因为习作文字写于笔记本的后半，所以他将封面封底互换。至于原封面上那行手写的钢笔字“含光高五班女学生周文辉冤死报恨寄”是怎么回事，锺老也搞不清，因锺老的姐姐锺城北已去世，无法查证。

后来，我在网上查阅到相关资料。据一九三九年《妇女评论》记载，当年长沙宝南街含光女校校长蔡人龙处置失当，致初中三年级学生周文辉死亡。这起“杀人”事件曾在长沙城引发热议。事情的经过是：

初三学生周文辉平日恪守校规。不过，初三的上学期，她做了一件让校长蔡人龙难堪的事。蔡人龙在给学生上课时说了一句“一礼拜是七天”，周生起立应声“唯唯，一星期是七天”，全堂哗笑。蔡恼羞成怒惩罚了周生，并怀恨在心。旋即，因该校规定学生上衣不得过膝，周生那天正好穿了一件长旗袍，被蔡瞥见，认为有意犯规，又将周儆戒一次。寒假前，蔡召集学生训话，对少数学生尽情指斥，学生当场颇多议论，语侵校长。蔡气愤之余，在寒假分发通知时，辞退学生数人，周生也在其中。蔡事后还阻挠其他学校收留周生，周生未能毕业，异常悲愤，于是自尽。她在遗书中说：“我之所以愿脱离今世，感现在办教育之人太无道理，不察人家之身世，不认清办教育之目的，及改良训育之方针，一个个把青年送入土堆里去！”

从“含光高五班女学生周文辉冤死报恨寄”字样分析，该生应为高中生，而不是初中生，锺老的姐姐应为周文辉比较亲近的同学。这个笔记本应是周文辉自尽前寄给锺城北的。

《蛛窗述闻》写于民国丙戌年，也就是一九四六年，日本投降后一年，锺老当年十五岁。原书共有四十二则，其中最后一则《青草法》仅存目录而无内容。锺老说，当时他父母已搬回长沙，但他却留在平江继续读初中，并在暑假期间写就了这部习作。当时他家租住的一户本家处房租已交，他说走了不划算。父母只好由他去了。后因县城的学校要开学了，终篇竟未完成，留下一点遗憾。

（曾发表于《华声在线》二〇一八年五月四日，署名迭戈，题为《锺叔河老人的作文本及其他》，有修改。）

周文辉事件始末

任理

二〇一六年海豚出版社出版了《蛛窗述闻》影印本后，我注意到了原笔记本封面钢笔写的一句话“含光高五班女学生周文辉冤死报恨寄”，字迹秀美流畅。就问锺老，这是怎么回事？是谁写的？锺老辨认以后，说不是他大姊（笔记本主人）的笔迹，是谁写的，周文辉是谁，他也不知道。

这引起了我的好奇心。我一直比较注意湖南文史资料的收集，通过查找，我在一九三九年《妇女评论》上看到相关消息，据此写了一篇文章，发表在《华声在线》上。这次要出校点本《蛛窗述闻》，锺老说，最好能找到原来报道周文辉事件的报纸，作为附录。遵照锺老指示，我又深入浩如烟海的民国报纸，查阅到一九三六年二、三月间湖南《大公报》上关于周文辉事件的相关报道，基本了解了事件的来龙去脉。

周文辉是湖南宁乡人，是就读于含光中学的一个女学生，当年二十岁。她于一九三三年考入含光中学，至一九三五年下期，已在含光中学修满五学期。过去各学期学业品行均及格，按正常应该继续升学，不料学校却令其肄业退学。学校做出这项决定的理由是：周文辉“因侮辱教职员，犯过三次乙儆，按训育规约应退学”。校方在给周文辉家长的函中，则说她“在校曾经犯规，情节重大，虽严加训诫，不知改悔。因念与其长此延误，不如令其转学他校，变移环境，较易改进”云云。周文辉的父亲周重甫见信中并未说明周文辉犯了何规，便向校方回信提出质疑。同时，很大程度上可能也去信责问周文辉。

含光中学是秋季招生，三年一期期末已是一九三六年的一月底，放寒假了。遭遇此事，面临失学的打击，周文辉没有回宁乡，而是借住在长沙南门外七姐家中。个人前途遇到如此重大挫折，令她茶饭不思，终日哭泣，形容憔悴。

周文辉的堂兄周邦柱，当时在建设厅任科长。为了让周文辉继续学业，多次去含光中学面见校长蔡人龙说情，希望收回成命，遭到拒绝。退而求其次，又转去明宪、南华等校活动，要求准予周插入初中三年二期，但学校以三年级不招插班生为由予以拒绝。与周文辉同时到明宪求学的还有她一个姓任的同学，她们再次恳求，陈述所遇困难，学校以成全青年起见，准予考试。但她们考试成绩却未达录取标准，未被录取。这对周文辉可能造成了第二次沉重打击。而任同学的家长再退而求其次，带着任生上期的成绩单，要求准许编入三年一期上学，得到学校同意。二十二日，周文辉的亲戚熊某也来到明宪，恳请将周文辉也编入一期上学，学校援任同学之例，准许了这一请求。

但二十三日午后，周文辉离开七姐家，就再也没有回来，家人到处寻找，也没有找见。其实这时的周文辉已经悄悄地来到自己读了四年书的母校。学校已经放了寒假，留校的学生不多。周文辉潜藏进了学校的浴室，在这里服毒自杀。据此似可推断，明宪中学准许她插入一期读书的消息可能没有及时转达给周文辉。因为周之前曾给同学说过，如果不能考入他校，唯有一死。现在既然明宪已经接收，是不应该去死的。

二十四日清晨，几个在校的学生经过浴室门口，见室紧闭，里边有哼声，推门一看，倚门而立的周文辉即跌倒出来，倒在地上。她面色青黯，已不能言语，学生连忙喊来校长蔡人龙与训育主任，起初以为周文辉生病，赶紧送往长沙仁济医院，诊治未效，旋即送往仁术医院，但周文辉在途中就已死亡。后停尸仁术医院落气亭。

报知法院查验后，在浴室现场发现有布袋一个，酒瓶一个，药水一小瓶。辣香干数块，饼干一袋，开水一杯。周文辉衣着整齐，装束并未凌乱，判定为服毒自尽。

直到二十四日上午十一点，学校派人告知周文辉的保证人周邦柱，家人才得知周文辉出事。周文辉的侄子周泽霖，闻讯赶往仁术医院，抚尸痛哭。而学校方面则立即禁止学生外出，封锁门户，严守秘密，待一切安排妥当，方始开门。在周文辉身上，发现一封遗书，被蔡校长取走。当晚，在周文辉的书箱内，又搜出五份遗书，皆为钢笔所写——为自己鸣冤，向亲人诀别，并交代自己的后事。

这五封遗书，一是写给校长蔡人龙，二是写给父母，三是写给二哥夫妇，四是写给七姐与侄子泽林（霖），五是写给周邦柱夫妇。在遗书中，她质问蔡校长办教育的目的，申诉自己并未犯达到开缺之校规，为什么遭到这样的处理？她的名誉、前途就此被葬送，辜负了兄长望妹成功的热切期望和对她上学的资助付出，也让她无法报答父母的养育之恩。还对因为自己此事，让堂兄几十次到学校代为悔过，有失堂兄身份而感到歉疚。在遗书中，她说自己在学校只犯过两件小事，一是“双十节”放假，她站在窗户上；一是老师认为她上课时看周刊（杂志），其实杂志当时只是放在桌边，她并没有看，但她当时也未申辩。而让她不服的是，当时还有一个同学也站在窗户上，但并未受到退学的处分。通过遗书我们还知道，周文辉在学校还帮过原来的校长，奉劝嬉闹的学生；但这个蔡校长刚刚才来半年，根本不知道这些情况。周文辉觉得没有讲道理的地方，走投无路，只能以死抗争，并希望亲属为她鸣冤，嘱咐父母说家乡人不明此事，请代她说明，等等。

这五封遗书，均写于正月十九日（1936 年 2 月 11 日），可见那时的周文辉，就已萌生了自杀的念头。

上述一切都说明，周文辉并不是一个坏学生，即使不算品学兼优，但也并无大错，不至于到了非得让她退学的地步。即使如我上篇文章引用的《妇女评论》上说的另外两件事（见收入本书的敝作《〈蛛窗述闻〉的稿本及其他》)，她最多也就是调皮而已。而校长的守旧顽固则可见一斑。

周文辉自杀事件，当时在社会上引起极大反响，湖南《大公报》《湖南通俗日报》等都报道了此事。有人还在报上发表评论。

这个蔡校长后来也因此事件离开了含光中学。

锺老后来分析说，他大姐不可能是周文辉的同学，因为一九三六年其姐才十一岁，刚考入含光中学不久，读初一。至于这个本子从何处而来，现在也无法知道了。这个笔记本前面有其姐姐写的笔记，锺老将其撕去，留下空白页重新装订，写出《蛛窗述闻》。

这个稿本是在锺老的父亲去世时，整理遗物，才重新回到锺老手中。谈起往事，锺老不免一阵感慨，其中故事，锺老在其杂文和题记中偶有提及，不再赘述。

不管怎么说，《蛛窗述闻》这部“青涩”之作，开启了锺叔河的创作之旅，同时还留下了一个了解周文辉事件的线索，使本书更具有社会意义。

（本文根据民国二十五年二月二十五、二十六日湖南《大公报》相关报道而写。）

附录

《蛛窗述闻》原稿本与影印本书影

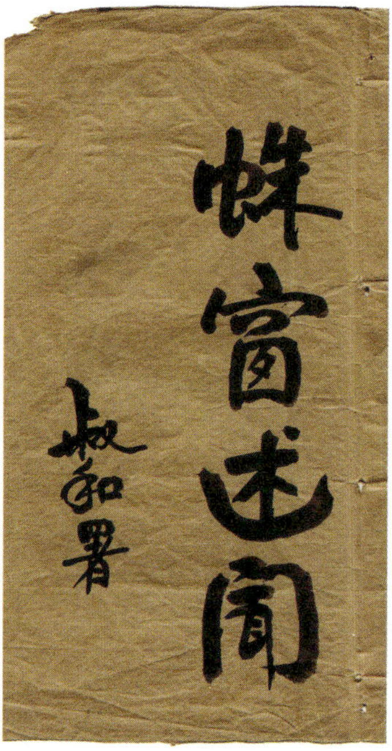

《蛛窗述闻》作于一九四六年暑假期间，写于作者大姊留下的国文笔记本上，时作者刚刚读完初中二年级。此页为原国文笔记本的封底，作者斠换作为本子的封面，并书“蛛窗述闻　叔和署”。盖当时尚未改“叔和”为“叔河”。

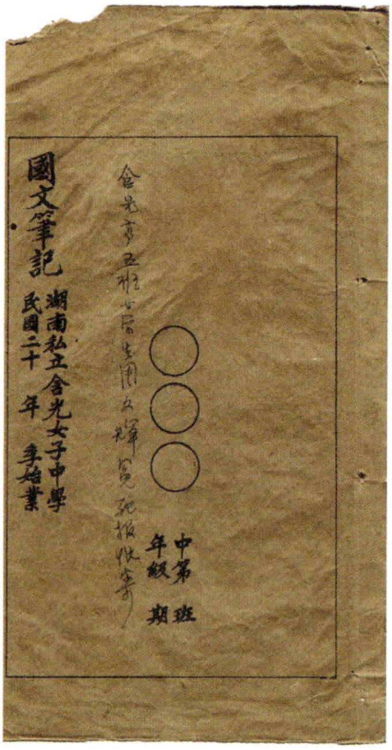

此页为原国文笔记本的封面，作者斠换作为本子的封底。其中“含光高五班女学生周文辉冤死报恨寄”字样，为谁所写，仍难以确定。周文辉事件见本书任理先生《周文辉事件始末》等文字及相关附录。

海豚出版社2016年11月出版的《蛛窗述闻》影印本书影

锺叔河题《阅微草堂笔记》

（一九八〇年十月）

慷慨报仇谁似魅，殷勤念旧孰如狐。
纪翁一杆通灵笔，不画人心画鬼符。

此书盖为余所通读之第一部文言文小说，亦即余所通读之第一部古籍也。忆十二岁时，避倭寇于平江东乡枫源洞，于房东楼上翻得此书一部，已为蠹鱼啮蚀过半。因无他书可观，摸索读之，辄能通解。数月之后，即仿其体作《蛛窗述闻》数十则，残稿犹存箧中耳。今日得此，偶一翻阅，如见故人。四十年来，饱尝忧患，欲求作文如《蛛窗述闻》时恐亦不可得，而余已垂垂老矣。抚今追昔，能不慨然。

叔河四十九岁生日之前夕自题

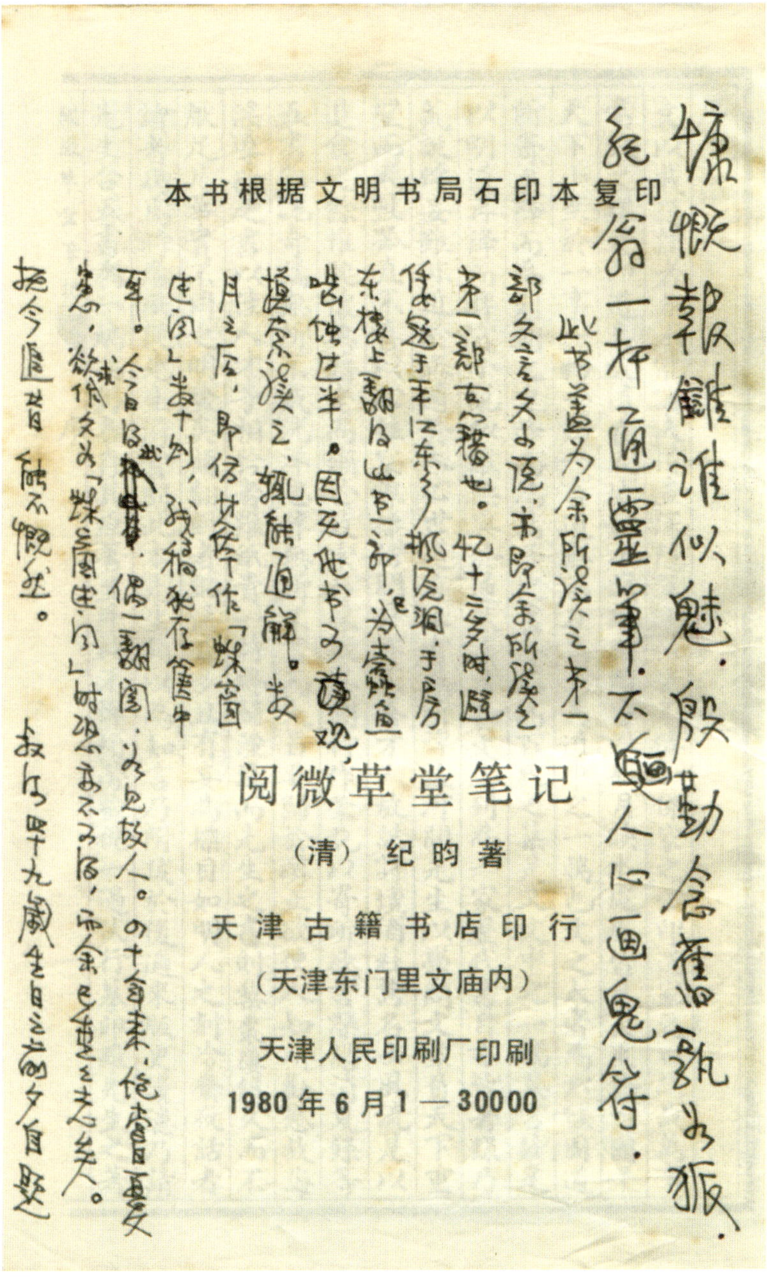

本书根据文明书局石印本复印

阅微草堂笔记

（清）纪昀著

天津古籍书店印行

（天津东门里文庙内）

天津人民印刷厂印刷

1980年6月1—30000

作者题《阅微草堂笔记》

一九三六年报纸关于周文辉事件的报道

中華民國二十五年二月二十五日　大公報　第六零六七號　星期二　（六）

李製三層鵝鴨絨被

長沙上坡子街華泰羽絨公司

何主席黃特派員定期舉辦
第二屆全省禁種總檢舉
各區查禁專員已發表
三月一日成立辦公處

本省土地測量情形
全省劃爲五大區
經費六十餘萬元

含光女生周文輝
因退學在校自殺
潛入浴室內服毒
蔡校長呈報經過情形

軍事委員會資源委員會錦業管理處公告

民国二十五年（一九三六年）二月二十五日长沙《大公报》关于《含光女生周文辉因退学在校自杀》的报道

中華民國二十五年二月二十六日　大公報　第六零六八號　星期三　（六）

含光女生周文輝
在校服毒斃命詳情
書箱內檢出五封遺書
述明服毒自殺之原因
明德校長呈報周生并未入校

含光女校學生周文輝。在校服毒斃命各節。已誌昨報。茲悉此案發生後。各方極爲注意。用其眞實情形。探誌於左。周文……民國二十二年秋季。考入含……截至去年寒假止。……

於是周文輝終日哭泣。飲食減少。忽於……午後外出未歸。……見。延至二十四……周文輝之同……報告。……

民国二十五年（一九三六年）二月二十六日长沙《大公报》关于《含光女生周文辉在校服毒毙命详情》的报道

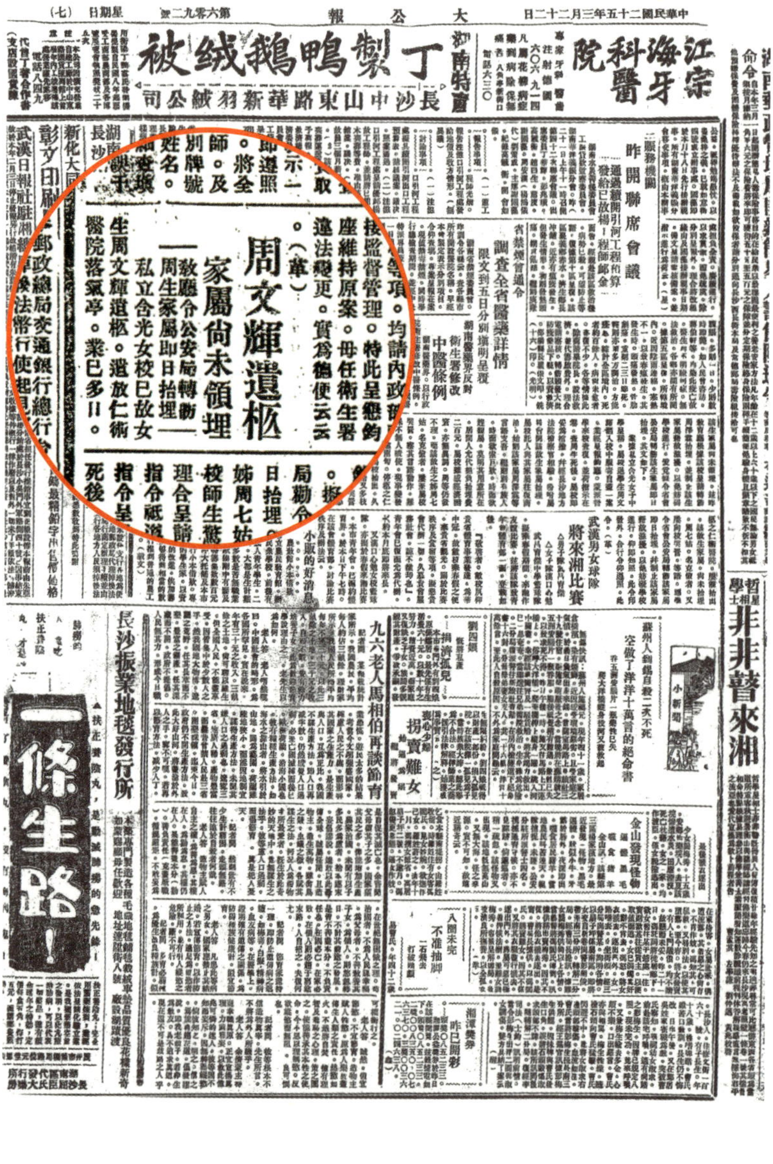
中華民國二十五年三月二十二日 大公報 第六零九二號 星期日 (七)

丁製鴨鵝絨被 長沙中山東路新華羽絨公司

周文輝遺柩
家屬尚未領理
——敎廳令公安局轉飭周生家屬即日抬埋——
私立含光女校已故女生周文輝遺柩。遺放仁術醫院落氣亭。業已多日。

民国二十五年（一九三六年）三月二十二日长沙《大公报》关于《周文辉遗棺家属尚未领理》的报道

一九三八年报纸关于“周神仙”的报道

討論中日衝突問題

我放棄對日實施制裁之要求 請求各會員國個別援助我國

發放春節犒賞金

工業同業公會法

周仲評昨日槍決

罪狀為邪術詐財貪污極惡

警備部昨並槍決搶犯三名

湖南省會警備司令部，於昨日下午六時許，監提邪術詐財犯周仲評，綁赴南門口，執行槍決，玆錄其罪狀如下：為宣佈罪狀事，案奉湖南省政府主席，兼全省保安司令張命令開，查周仲評，邪術詐財，貪污極惡，應予槍決以昭炯戒，仰該司令，即日遵辦具報，此令，等因奉此查周仲評，於去年三月，因湖南省銀行出納課長戴[illegible]失落數千，謂其作法尋回，該犯乘機串同戴蓮衡[illegible]去該銀行二十二萬餘元，並供認用了二萬三[illegible]犯復縱放戴蓮衡潛逃，奉令前因[illegible]犯周仲評，驗明正身，[illegible]

一九三八年一月三十日湖南《大公报》报道枪毙术士周仲评（周神仙）的报道。其事参看本书中《周神仙》及其注释

中第　班

年級　期

○○○

含光高五班女学生周文辉觅死报恨字

湖南私立含光女子中學

民國二十　年　季始業

國文筆記

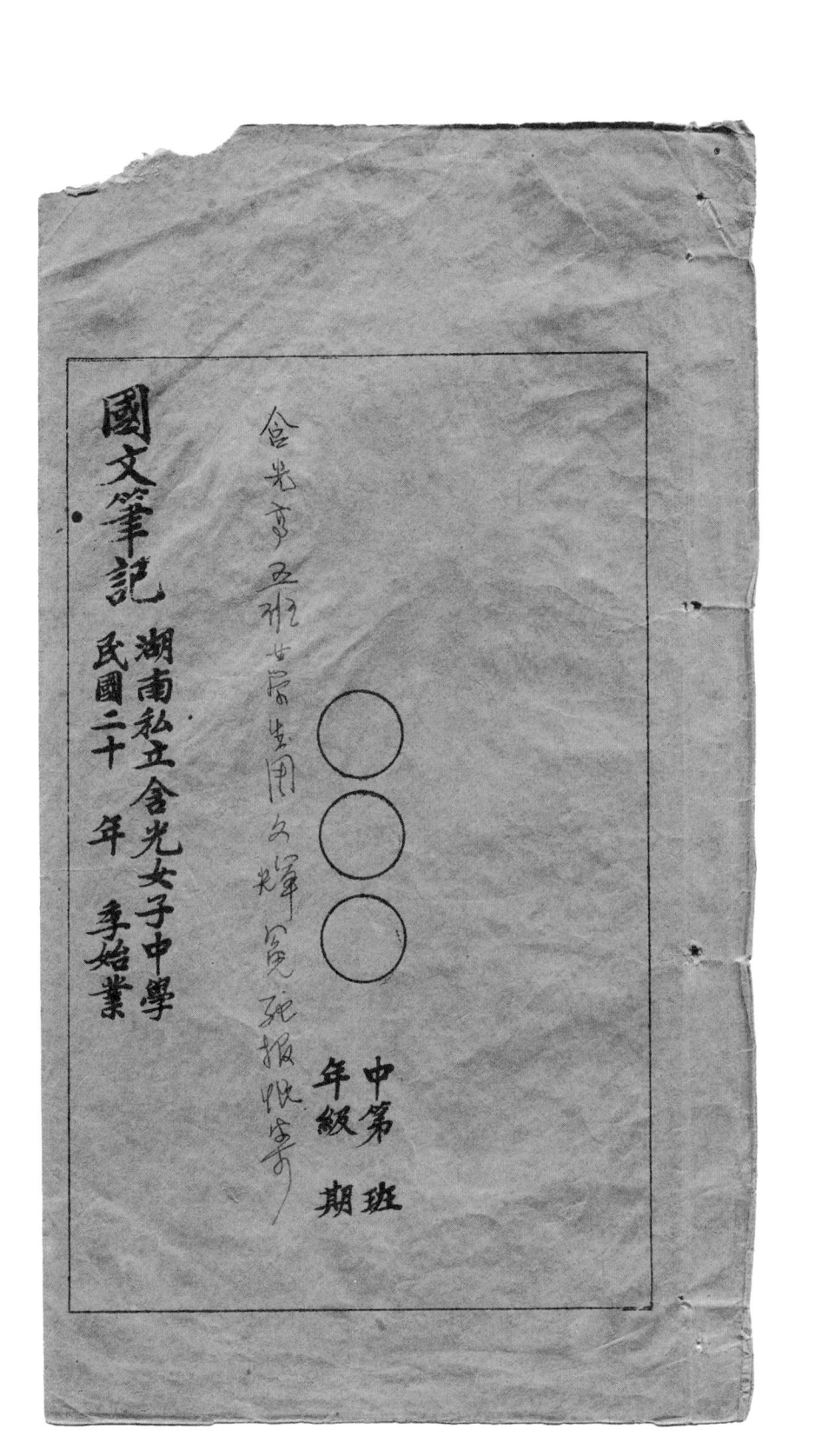

言今汝仇家汝今杀余余部必忿而联官以攻汝汝無葬身地矣某甲大恐乃求圭王斧圭王斧曰余固不害汝也但恐汝不诚奈何某甲跪而誓于天圭王斧曰如是則汝借汝之乘馬與余以行某甲奉之圭王斧乃乘某甲之馬別而行道上遇他伏兵圭王斧昂然以过兵見如此皆不敢问乃得脱自後政府軍清乡各处偏将軍剿湘西圭王斧曰智者自量力而不發也乃首以兵降其餘抗者次第授首湘西既定各思圭王斧之不可留知其无兵以官一人率兵八人往其家捕之入其室圭王斧曰余即行因取灶上铜鍋重三十斤作斟水状而擲之官破其头顱八兵驚詫不及奔救又死三人五人卻走圭王斧恐室外人众乃从窗上脱去以枪中一足乃獲各欲死之以軍中多其肩羽乃釋之圭王斧乃潜跡家园耕耘自乐今且小康矣

曰天之生才难以观夫史傳有英雄豪傑出則國以强民以安观夫圭王斧其才智胆畧古之英雄豪傑何加焉而國以乱民以傷卒湮没于草莽之中 誰之罪歟誰之罪歟

青草法

湘西多盗盗首各〻割据一乡俨如列國傾軋联擕当局莫可問書王爺者本名張

衍一其乡人皆尊之曰書王爷今亦从而呼之為溆浦一盗魁有一乡之勢而陰欲結其官

力而併鄰乡其鄰乡之魁某甲為書王爷之盟弟又勢强足匹書王爷知書王爷之欲

陰襲己也乘其在鄰城伏兵尽截其归道書王爷知其謀知嚮逃不能乃从大道引

遁伏兵欲執之書王爷佯為大怒叱曰尔輩安敢無礼兵向云我主將執尔而死之尔

尚強耶書王爷罵曰汝語自何而来尔主某甲為余盟弟也某甲今有大禍且至尔

昔將死家以弟兄之义至特来救汝主尔輩反敢無礼抑何故也兵众惑之乃牽以見某

甲書王爷見某甲而厲叱之曰汝有大危且至余以弟兄之誼聞閑未告汝反令若輩

辱余是何居心耶某甲以所聞告書王爷愈怒曰汝置盟义于不顧以信离间之言

其非人也某甲謝罪詢故書王爷曰以汝一人之力能抗某官之師否曰不能也曰然則

以家二人合力能抗否耶某甲不語書王爷曰某官欲攻汝久矣所忌者余為助耳

昨官名我入城今我助彼以攻汝余以义重于利乃佯允之彼又恐余之不絶汝故又揚

向松又云渠于軍中時有兵名凌德成忽得狂疾云師傅縛且捶我索昔予我之法衣物且疾呼痛楚終日弗得止既而好如初詢之則云彼少年在鄉曾入白蓮教師傅予有法衣法刀之物多出爲盜拔法衣則槍不可傷後教会散已遂以衣物悉燒之矣今忽見師傅縛於大柱上索我物且捶我去後云三日後復至也後三日凌德成果狂疾又作日許又愈其言也如初衆人欲爲之祈禳而營中不許也卒後三數日必作久之亦不復異之後年餘有兵士橋以宿娼一夕之後乃不發

龍

民國十六年丙戌寅湘省大水平江幕阜山下一屋憑山立屋主人者善長者也一夕夢偉丈夫告之曰余潛龍也今且出捨此不可乃告汝欲免難可于屋後山中引小渠通河即得後三日余且出矣主人如其言掘渠而俟之三日後果見渠中水益急一小龍蜿蜒如蚓循水而去至大河霹靂大作水一長十丈低地盡成澤國矣

書王爺

歙鍾某生而有奇智能作機器类皆机巧民初某以鉄自鑄槍二支一支一發一丸能連出如貫珠一支一出五丸自衛鳥獸後土匪知某能造槍將來擄之幸先遁自後不敢製鎗遂為農夫製一車人坐其上以足踏机能自行車下裝耨可以代犁又嘗造一器如匣引線十根置器塘河中線散十方上裝鈎餌魚銜此線則机動而線縮銜彼線亦如之用以捕魚恆滿筐而归然鄉人目為瘋邪不之理竟湮沒之惜哉此予表兄喻蓮生為予言之

鬼索鏹

予鄰人鍾向松嘗言渠於浙江某師範任書記一夕夜半矣忽一鄰僧叩校门工人出視僧云校前田溝中倒一学生故來相告言訖乃去于是全校均赴田中舁一学生僵臥已不能言遂令二工人抬归灌以姜汁良久乃蘇自云宿舍中來一人挾我出我隨之踰垣殊似平地至田畔其人云渠是鬼乃我乡人於此乏資斧不克回要我焚三千冥鏹與之我不肯鬼乃將我打倒田溝我遂昏死矣　曰全校多少人而必索此一人者蓋以同乡故耳鬼固不糊塗矣学生太吝挨打不亦宜乎

凌德成

乃盐也一时传遍一邑有地方豪者遂集貲于当地熬盐亦無成效思之不得其由予兄仲功以為必土中水含盐分酷暑日中草木葉面蒸发加快故含盐之水乃由根茎迅輸葉面水分蒸发盐乃存留但因水不断輸上故盐不得凝固迨至夜晚蒸发停止而盐遂现矣亦附志之

狐祟

長寿有方家婦其夫文弱不能治生婦常鬱々一日提豬食往豬欄飼豬足少途遠頗覺為苦至柴房门前乃倚门少憩窃思嫁得如許男子乃須已操作不禁自傷又思若得丈夫能代劳則善々矣忽有少年美男子自後门入即代為提豬食且調之婦亦欣然恨相見之晚也自是男子輒夜来時携果餌餉婦初是婦僅夜拒其夫同臥久之漸瘦弱亦知男子之為狐但亦不能拒之其父母亦知狐祟聘術士驅之去婦方好三四日其夫掃地误拔術士所下之桃杙而狐復来家再以重金聘術士始收狐去而婦大病年餘得复然家已蕩矣 曰倚门一念遂至如斯念之於人大矣哉观方氏婦之事而後知念之必慎

机巧

惱乃收回余之惠君家者今余且去君如欲余去者明日可作小小酬禳余即去矣廖五醒而告妻妻惟恐不速乃促廖五而家中無一文廖五欲出借貸以天雨入室取屐屐中有錢三角遂買酒肉而祭狐恰符錢數自是狐乃絕　曰婦潑悍天下之通病也安得家家有此狐然其衣截其髮摑其面哉

鬼同行

有徐氏子应徵服兵役殁於陣家中得耗為之作超度前一夕有人夜行見徐氏子亦包袱急行此人固不識徐乃与同行途中各言鄉里蓋相距不十里也漸談及鬼其人曰鬼乎吾素不相信鬼吾亦未嘗見之也徐鬼乃力爭鬼有其人又力爭鬼無徐鬼曰汝若不信我即鬼也試回首覕之其人返視則見一血肉漠糊陰氣森森之鬼立後始惧徐鬼遂化人形而慰之已而至分路處两兩而行其人返家翌日乃備香帛至徐家而吊之異見道坊徐家詢以向不識何故来吊其人乃具言其事且述其形狀徐家乃大異詫更為之加修道場此事在予邑鍾洞予親聞之于蒼松云

鹽霜

本真乡有地名鹽泥潭者某歲酷暑日晨間視草木上白者爍者居地以為霜奇之取而試之

長沙猴

聊斋志異曾記長沙有猴頸拖金鍊金牌上銘明藩邸物云云予幼时闻親戚云有大家婦夜夕闻楼上鍊索悉索之声乃大異之一夕乃明缸靜坐床上以伺遂見一巨猴自楼上下頸有金圈繫金鍊鍊上有牌人立近床跪婦足旁婦察其似無害意乃问曰尔有何事求我乃跪我猴以手摸頸圈作断之状婦意其欲去之遂以手脱之而小不可出乃抽箱出剪刀猴遂大驚跳踉去竟不至後有人見之于城南書院梁上者又有人見之于聖庙天花板中者文夕大火後乃渺然不复闻

廖五

廖五長沙人以販鮮魚為業其家有狐富之夕賣魚盆中常不尽故漸充裕家以饒然廖妻潑悍一日失隻履廖妻大罵家中鳴犬不寧狐愚之于梁上出声叱廖妻妻亦詈狐自此狐乃愚作劇时而箱中自燃凡妻之衣物尽然而不及廖妻夕出愚言即遭掌摑又剪妻髮至秃家中騷然廖五亦不聊生不賣魚矣漸而家窮如故有夕廖夢狐向之言曰我向有恩于君而君妻可

異日訪之不知所之

長壽孝子

孝子者隱其名以其里在吾邑長壽鄉故稱之曰長壽孝子云周晬喪母十二歲父以嫌隙為仇殺斃其事甚秘孝子即知之痛心疾首誓報父仇然自知力薄不敢牽乃佯不知者家無產乃為商家僮十六歲以仇邑城人乃夤緣入邑某家為僕日夕跡仇如是者七載聞仇家需僕遂自薦焉取直特廉仇利而取之孝子力役求仇歡仇家以其勤且謹也顧重之又三年民十九赤禍起平洲间御里騷然孝子乃秘渴匕首怀胸際而外益誠樸一日仇挈孝子下鄉經山谷中孝子行且後面顧四野寅無少人乃迅出刃刺仇背洞其胸而死之棄刃倍道返長壽計出邑十歲矣里人但知其出傭故莫名比乱定仇家以兵燹失散事竟寢孝子尚有餘蓄至是乃娶婦力田今且大家矣

曰百善之中孝莫大矣若長壽孝子者可謂孝耶非耶予聞楚地有材迄今乌衰弗絕多有忠孝節义之人特立艸野之中又聞孝為天性人之初性本善也然習俗熏染性多汩没為凶殘俗鄙矣則是長壽孝子者其秉地秀而生者歟抑本性未汩之人歟

辞去行甫出屋忽一鬼披髮吐舌云吾事殆成為尔多事破之今余与汝不两立竟搏其人其人怖駭棄担奔返屋中為述其事姑媳大駭始悟彼人縊鬼也欲害媳而吃鷄巳不能吃而誘其人吃之鬼計亦云巧矣　曰鬼之欲害人也虽計巧而卒敗而人之害人者能為敗者鮮矣故鬼計不如人計

劍客

民十餘年中有士人佚戕湖南省攸府無家無妻子獨賃僻巷中一屋工餘而归自炊經焉辟一小室茨扃四窗门加重鑰惟每朝夕入一視之久而勿異或有同僚好事者欲一窮其蘊乃設酒於一同僚之家招士人飲而醉之取其鑰而啟其室入内視之見案上小爐中爇短劍精光四射衆沃以水火熄而劍裂矣乃出室為之鎖如故返家醒士人而告之士人大沮叹曰十年辛苦為汝等敗尽矣衆固詰之不荅再三叩之乃曰汝等今夜可至城郊某处大樹下候余当与汝等言之遂匆匆去衆果於夜往大樹下久候而士人不見至以為誑也方欲归忽有尺光自天際来其白若晶寒〻森逼人蜿蜒如游龍頃至樹下繞之一匝大樹轟然倒地矣衆始知士人者劍客之流也共与詫叹返家

寘某家有小賭局盍往一戲乎王生欣然同行至叢薄间二人忽化作皂衣鬼什王生於地曰逆子我曹奉土地命取尔命也撻之垂死偶有夜行人过二鬼乃去人闻路側有呻吟呼近人燭之是王生舁之归家翌日竟卒

鬼喫鷄

有人夜行經某地肩荷重担行既久亟思一歇足地見隴畝中有灯光遂趋之乃小屋一楹方欲叩户忽屋側一人招之其人近去彼人輒向曰汝思吃鷄否其人亦姑应之乃隨彼人循小巷至廚房房中暗甚然隔房人語且有灯知為姑病而媳侍者旋至灶下見炭火烹一鷄彼人以鼻近而嗅之其人乃以手取而大吃将完时闻姑語曰速去取鷄來媳諾之彼人急扯其人伏積薪後俄而媳持灯来見灶下残骸星零鍋中已罄大驚去以語姑者惶悚之至者即闻姑大怒罵媳謂其偷食詬誶不已媳惟啜泣姑罵令其即偹一鷄否則必死媳乃泣入廚室取挑水索縊梁上彼人似甚喜者其人大駭且愧亟奔出斷索而救媳云鷄乃余適間偷吃今願出直償之又入向姑解說且云余乃君家大郎子喚来者姑媳均云家無男子何来什人其人不悦竟荷担

腦後之疤為特志凶手除以杜識也鄉長乃訛言神已示凶手之名一时神跡之事播之一鄉俄而某甲之兄攜家小遁去於是始知殺某甲者其兄也而諱花店主之冤乃白未幾緝騎獲某甲之兄逆死之

曰世之殺人者多矣然未聞二有神昭之者何哉蓋神若不昭則店主之冤不可白是則神之昭者為店主而昭者也

槐抱榆

平江啟明女師校址故集署也中有大院落其角生一巨槐蒼紋班駁大可數抱其幹中空而生一榆大亦抱餘二树之柯葉蓊全一院树下有碑篆文四字云槐抱榆記下更有小字模糊不辨矣

王生

吾鄉風俗人死後周年或三岁其子必為之建道場而後可以除死者之靈位謂之槌靈有王生者鍾洞人無賴好賭父死二年靈固未除也二年之腊月夜母語之曰汝父死二年矣灵亦当除今岁且畢明年汝須備貲為之王生聞言陰取父之灵位以大杵槌之碎而謂母曰灵除矣母詰之王生告以实母駭且怒然無如之何暗泣而已至夕母寢王生独坐向火突二友入户曰君殊寂

某甲彈店主以父命故遜忍而彈之畢而某甲身無錢以直店主固索其父又出而解之令某甲持棉去而嘿其速來償直某甲亦諾之既而返家天已昏某甲仍取錢向途其妻曰天亦夜矣曷不明日去某甲固不可竟去渠故畜一犬名桄獒亦隨之既而其夕某甲未归妻以其素習不之異也翌日晨其犬至家嗚嗚有声盤旋于其妻之側妻以為犬狎叱之曰汝隨汝主人出曷不隨汝主人归汝主人現在何處犬忽銜妻衣角而曳之妻心怪之乃隨之去犬出门循小路登山至一草地其草皆新剷去犬以爪掘土妻駭之乃尽呼鄰族而告以故衆人乃至犬所而掘之未見何物更於距地不远处獲死人头後皮一塊腥血斑然上有一疤則某甲腦上特誌也妻至是知夫已死矣以某甲係往彈棉店主家疑必為店主之謀於是聚衆擕皮而訴於鄉公所鄉長拘店主至則漠然不知称某甲并未至其家且口角小嫌豈至殺人哉鄉長亦知必非店主之為是夕禱于神求神昭之其夜夢神語之云明日晨有烏鴉棲廡下你可隨之必当白也乡長醒而記之次日晨果有一鴉止廡下乡長乃呼數弁隨已而踪跡之鴉飛止一大樹樹老而中空則一屍在焉腦後削去皮之迹鄉公所傳某甲妻及衆人至取皮合之宛為某甲也蓋某甲一

致珍奇運五雷於指掌無堅不可以摧而周神仙之名大噪有疾求禳失物求復百驗不失漸而華軒大廈高車肥馬僕婢妻妾筵席珍奇身大富貴家莫可比擬顯宦高官平輩交往儒士大夫率拜門下煊赫一时仍不安本分運玄妙之術竟搬運銀行現金數百萬府庫為虛省長張治中素恶周眩惑世俗料知匪周别無是法召部僚而試擒周而死之言未已衆皆瞠目吐舌惟言罪過張竟易服率便衣驍騎藏秽物于身詐為往謁周神仙者就座间擒之以秽物污溃其首以鉄絲貫其肩胛押至省府士民乞釋周神仙者不可計張竟槍決之云

曰嗚呼仙才之难得也亨子樂之戲人也近世斯烈矣周神仙者是已猶憶余六岁时余父率以謁周神仙謂吾兩肩各有黑痣兩勝蓋骨不同是為孽障可以千金禳之余父笑曰兒女係夫命也余守命而已周怏怏也卒皆是取禍余不知老人者知此何以自处也其所以神仙之事愈以少見之由歟

弹破奇獄

余家寓濯水時有某鄉人某甲固無賴子其兄素恶之多欲除而甘心一日某甲攜棉花往近地一弹花店求弹以棉未除子店主拒之某甲乃咆哮辱駡店主亦不讓而店主父出叱店主令其速為

閭里以安又能善隱其鋒一不異常人者遠道士可謂有術者矣

周神仙

周神仙者平江三眼橋人少孤而貧無賴鄉里間一日至其外途中遇一老者同行髮鬚皤然而步履甚健值大暑渴甚途傍有茶肆周少憩老人亦憩周索茶飲老人亦索茶飲而不償直茶人怒欲毆老人周憫之出錢代償茶人始罷而老人漠然若不見聞者周始惡之以其異姑含之已而周抵茶肆飲老人必如是而周必代老人償老人必不理周行抵河埠水流汹湧值渡舟將啟周急欲登老人以手執周臂而舟駛矣周怒之老人曰無庸舟將覆耳既而舟果覆周乃大奇老人以為仙叩首求為弟子老人怫然曰太愚作劇捍臂竟去周隨而哀求之老人乃曰如是爾可於此河涘俟余三年俟余再至可也周欣然諾之老人予錢一串遂去周覺飢乃去河上肆中購物食之摸袋中錢一串如故周乃俟之三年老人果至攜之去暮阜山深岩中授以道術成而令下山囑曰仙才難得成仙尤難汝珍重道法以濟衆生可成仙果慎之慎之周諾拜下山返故里一窮如故不安本分曰有如是術何愁不得享樂神仙清苦有何可羨乃至長沙出其術以眩世人則呼風喚雨召將擒妖致物則九州方外可以坐

見一肆方立门前瞻望兜肆中一男子仆地言語呼嗥口稱索命甲因就肆側某逆旅中住其家請術士劾治術士至若有所見遽辭去曰予能劾邪妖不能治冤魂也其人竟死是夕甲見女子至榻前叩首且曰命已索得且赴陰司对案去遂不見

逺道士

逺道士居濯水之密岩觀中非鄉里產不知其何年月自何地來恂恂然如常人不少異人亦不之異也某歲有弄術者数人来濯水能指人凶咎而祈之以取財物不信者往往如其言多死者鄉里騷然一日弄術者至觀下弄其技里人多聚觀之道士有二徒皆丱角童子亦往觀焉有嘖嘖稱弄術者之神奇者二徒曰是妖術耳為弄術者所聞遂咒詛之二徒腦痛如刀斫乃回觀而泣告其師道士曰嘻若是哉以手摩二徒頂痛立止畀以己之敝傘令二徒持之复往觀焉囑曰慎毋開傘二徒如其言觀少頃而返傘忽重二人力不勝二人舁之归道士接傘啟之窗然而下者弄術者儔也皆呆噤若木鶏道士痛抶之遂令出境出地方以安逺道士之名大噪然道士仍恂恂如常人不少異人多奉之者笑不納然密岩觀香火大盛道士不勝其煩一夕不知所終　曰視其恂恂然一若庸俗態者少出其技遂令邪魔慑伏

金直之楊佯諾而私以示別肆得価三千知必珍物遂習坏執乘火車赴沪翌晨先叔祖闻之急電沪同業公会以楊為不誠貨之人可以廉得之余必取三股云云某肆果以四千金得之後月餘某鉅公以萬餘金購之去

致物

翁緩云言渠有一同事一日義友聚坐其人云為小東道諸君能秘不語人否衆應之偕至市肆詣酒店沽酒菜館買熟菜若干皆付直之什一為定物亦存店中比返家則各物皆至案上煮酒溫肴尽々欢而散

冤魂索命

有某甲者往漢口夜宿逆旅中夜半為訇然而驚寤見一紅衫女子冉々拜床前甲固胆壮叱问是何妖物鬼泣曰妾前此室主人也為某商婦居此室才年餘商赴漢口騙妾金去而不返今於彼娶妻生子矣妾以病死今知君子亦往該处倘蒙見攜冤仇得报九泉之下当百拜以謝也甲曰吾与尔陰阳路阻何可並帶况汝夫現亦不知在於何处矣鬼曰余夫現在某々处攜亦甚易但以木牌書妾姓字送至某々地而已此床左前脚後在土中三寸有埋金一錠可取為用言訖不見甲掘土取金如其言行之抵漢口至某々处果

威名震江下云

怪胎

婦女產子每每有異形是生理變態不足為奇然而每每有匪夷所思者鍾洞李氏婦孕八月產一兒皮色黑似四五十老人下地能跳踉家以為妖殺之斃守坳黃家女腹大似鼓生蚪蝌斗俄驗之係室女也更有怪者新田一婦孕十四月不產日漸痊弱腹則漸巨其家乞藥籤某神廟得方銀杏四兩复籤再搖仍為原方私議食固死不食亦不生豈神知必死故告知耶詢之婦母家見亦同之竟購銀杏四兩煎湯飲之至夕腹中忽動生一物藍皮赤髮巨口利牙爪森森如刃蓋夜叉也幸早毒斃矣又余屬濯水时鄉人鍾左青之媳姙得疾乞方張巡廟並求降茶得籤示醫云不可服是打胎劑也左乃往茶店店中人不允購遂僅煎降茶飲之遂產一物龟首鱉身鼠尾白毛長寸許誠係異事也

柴窯瓶

先 叔祖善鑑古玩營業古玩肆於長沙有店傭楊某一日下鄉以碗數隻換得一破瓷瓶歸以示先叔祖高尺許内外黑色黝光流映上綴五采薄如銅片叩之錚錚作金音知為柴窯上品乃先以五百

来其人喜持去又某尼庵葺成住持尼請李書庵門聯李書曰一條筆直兩扇大開尼惡其不經欲去李補曰我尚未完上人不必性急各增三字成一條筆直修行路兩扇大開清淨門尼謝去又有鄉人婚其婦頗高而夫殊侏儒李賀聯曰卜二人皆不解或有詢者李曰夫婦一長一短坐立則成卜卧則成二更有切似此者哉

鮑超詩

前清鮑超以營弁積功至爵帥威鎮天下功業既定始学署名嘗过江州卧佛寺隨幕多題詠鮑问書何物向壁耶若以詩问詩是何物告以音律鮑曰容易耳吟哦者何也口占一絕云此卧卧得好一卧万五了系上加尔佛江山誰來保又賜第京師时权貴一時翰林院諸名士輩輕之欲一窘囹快一日以雀羣图求鮑題詠鮑欣然從容吟曰一窠二窠三四窠五窠六窠七八窠食尽人間多少果凤凰何少你何多蓋窠諧科刺翰林院多士也衆人色沮而退先是鮑為游擊時為髮逆围急鮑屡牘吏作乞救書吏抹塗殊緩鮑怒曰豈有今日作書生態者奪筆疾寫一鮑字於字外畫圈數重呼騎將突围出主將見書曰鮑字營危矣发兵援之內外合攻髮逆大潰自是鮑超

李次青聯話 三則

前清李次青方伯功業文章炳燿當代然後世但知其著者不知彼聰敏捷悟实於聯語見之也方其諸生時尝遇一游士叩公姓公戲曰能對否聯当告因占一联云騎青牛過函谷関老子姓李游士对曰斬白蛇出碭道高祖氏刘蓋游士姓刘耳李奇之詢其籍江夏人也又占一联曰四水江第一四时夏第二先生居江夏还是第一还是第二刘对云三教儒在前三才人在後游士本儒人也不在前也不在後应对如流卒不能屈

左文襄时以孝廉欽賜同進士出身拜相位李藐之欲侮而甘心一日偕众官赴左公私第值左前日納一姬众請一睹左公以值洗足辞李云余有一聯諸公試对众促之李曰看如夫人洗足众以為其出平日不羈態哂之李大笑曰何乾至若是耶即賜同進士出身豈不的當众為軒渠左恨之而無如何也然每中傷之李之一任州牧而罷官蓋禍得一联云

後致仕布葛鄉里无少官僚气近地東山寺死一僧有鄉人請李代書輓联李问何人死其人云東山寺死個和尚李揮筆書曰東山寺死個和尚其人大訝李書他一联云西竺国添一如

其情取所謨精忠併至見灼燒累累卷葉支离竟坐誤死人律免死云

鴉片

禁烟之後雅片雖嘗不公然流暢然秘密運送仍复時有其事有客往桂林者途逢一人衣物麗都問曰足下其之桂林乎客曰然其人遂出謹函書相託曰有家兄在桂某某巷若干号該為軍政要地惟夜晚办公日间則無人在彼此函重要家信务希晚中送去叮嚀再四客諾之既至桂而以事須即日赴滇因憶及函乃於是日送去至則一僻巷鐵门重闭傾耳傾听似有惨呼疑駭报知警署率兵數十圍其屋破门入則已遁逃無一人惟密室死尸数具有剖胸腹中藏鴉片大包者又未剖胸而已殺斃者尚有數棺内亦死屍蓋為一鴉片販賣机関耳客乃出懷中書拆而視之寥寥一語曰送上豬头一只始悟性命在一髮矣　曰一法立一弊生古語信不誣矣則今日社会背幕之里暗若是者其未有自

大蝦

蝦之大者余父岳州岁試时見僅存一壳長尺餘亦重七斤有另云

假藥

人情險狡至今尤甚云何首烏成人形者食之延年前輩徐伏生先生棲岐盧嘗有一枝宛然人形惟面目不甚了了耳曾撮有小影先生珍之後某將軍与先生厚其太夫人多疾後以贈之某年有鄉人持是物至長沙來售叩之価云鄉人不識五十金足以或以其索価賤而疑之因逮至警局乃自言偽造係以瓦製人形而中空者頂上穿一孔撑首烏嫩根自孔納入而植之數年後掘取碎模取根即是警局罰而逐之余因疑先生之珍恐亦如是焉耳　曰若鄉人持彼偽物故視若珍奇高其価至數千則一旦可以致富而取五十金反致罰逐若尤可怪者然今之人事何往非如是哉

殺秦檜

龍門廠有農夫某稍識字喜談精忠傳每每涕淚感泣常痛恨秦檜至將香火灼去秦桧字樣一日村集演戲其人往觀而為風波亭故事某怒火凶焚遽取側肉砧上屠刀躍台上追扭為太師者直射諸胸竟死衆嘩而執之送官衙猶堅云吾殺奸相加以三木始如夢覺乃自供

入掩便门粪溺積累莫可下余奇畜之数日病斃

腹中人語

鬼狐入腹各筆記多有載有曹媼言渠見一盲者揲占筮之術皆腹中代决其言似女子盲者呼之曰靈姑覘者如堵云意其為狐

古杖

長壽鄉有農人於荷塘中泥底得一杖紫竹班駁就竹根鏤一螭首虽多蝕泪而意態宛然上刻八分詩一章云掛錢為買酒迷路使挑雲入世誰知我知心只有君詩既澹致書刻均古樸可愛款曰狐老手玩意当是百年上物也

狐害

外王父鄰才家一僕有狐媚其年久矣人大畧知之然壯健不少瘁後為一初来僕知因私念狐女必艷絕又不為人害可以狎因晨夕默禱以媟詞狐果棄彼狎此悦之無間夕月餘即瘵不堪執役淹留床笫仍不能止又月餘竟槁矣　曰引狼入室此僕是矣死宜

然此則匪不剖腹抑且不少痛楚又迴然矣究不知其何術何用也

鍾道士

余姓宗祠在平江石碧潭崖上潭為昌水所匯而成深而多漩中有泉神常祟鄉人婦女有鍾道士者里邑人自茅山歸值神祟一婦以瘵死忿然曰邪淫者非神一妖耳吾力能去妖誓除之民皆喜於是聚里子弟數十持金革及諸彩旛術士以二牘置潭上戒諸人曰予下與妖鬥然彼衆我寡懼不勝此二牘左予右妖也爾曹視二牘鬥則鼓譟舞旛以長予氣慎之慎之衆皆諾術士披法衣持刀淬以下二牘果跳踉鬥衆人啞吁錯諤乃至手足弗得舉忘其諾矣少頃潭中水洶湧波沸道士屍浮水上矣衆人大駭卻走且呼里人畢集憐其義而殉殮而祠之廟在吾姓祠之右　曰自恃其術信訖庸侍以犯大險鍾道士之死惜矣然夫寰宇之內道士之類正多耳設彼道士無其術則無其禍則道士之有其術正所以有其禍歟噫

三足烏

乙酉春余負笈木貞馬大圻有同学獲一雀色嫩綠有三足其二前常无異他一足生其間五

持勿墜死窟也言訖遂去後竟不复至　曰山精树怪害人之物也然得恩即感割愛針砭覡夫今世求一人得如樟树精者盖亦鮮矣宜其能脱夫老道士之嚳

見鬼

余家昔寓長沙新河策强鍊廠中一夕余父外出母挑灯假寐帳中夜半為窣窣声驚視見灯光忽萎扉未啟而入一衣掺綠色長冠袍着拿破侖式帽之鬼峨立房中灯点澹黄掺淡、少時漸移入对门發極小丸而逝余母至是汗沾床茵、闻後房婢女、酣丸正濃才擬呼其醒而前入鬼之门又透進一長髮污服之厲鬼亦如前者之逝少頃而鷄唱矣翌日工人一夕死五盖鬼找替也後父歸遂徙居焉

刼胎

涪口一婦孕將產矣一夕其夫卧酣房燭未息睹数偉丈夫梁上下欲縱声而噤不能言四支如木泥任其褫衣至浄喃喃誦咒子即產出極順利不少痛楚断臍置兜大钱袋中為之着裳共躍梁上妞去翌日傳闻一地致孕婦咸惴惴不自安云余闻白蓮教原有剖孕刼胎事不足異

樟樹精

余父莞澧州榷政時會計者彭泗澄言渠叔少時寄讀村塾一日薄暮散步郊野忽睹村女坐大樟树下束裝樸淨而面目殊風致彭生故狎蕩子前為語瑣屑漸涉媟狎女亦不拒且曰妾家距塾近夕间亦可相就何必急色兒生大悦告以門戶向第叮嚀而別至夕女乃果至兩情欢洽後遂无虛夕久之因告生曰妾非人樟树精也今實以告君生為所媚亦不惧縮如是月餘生膚革峻削精神恍惚課業無心師慮或病遂令歸精亦隨去家人見生骨立驗詢詰生秘不言毋潛床幃以听之有狎蕩笑語乃遂知為妖祟也一老道士効治道士設壇召神將執精禁罌中而密封之精泣求赦道士不听生心惘焉伺間以磚破罌精遁去家人失色道士叹曰郎君自太痴然彼惧余術是亦烏能為害也矣去生追思之弗能輟家中乃為物色佳婦娶之夕生悄坐鐙下精忽現容顏裝束如昔揖生曰恭喜郎君做新郎了生驚喜方拉其襦精正色曰妾非人妖耳人与妖狎無不病且死者前非老道君骨且泥矣何尚執迷至此耶彭生固擁之化風遁窗外悄語曰妾感君救命恩故相戒世上豕輩亦多君慎自

功其間枉屈負冤者何多焉流累以下吏愈酷民愈詭法愈隳勢必有不可問者嗟乎史遷之見遠矣

搏虎救弟

平江東北為幕阜山脉所踞地勢錯落林深谷邃其中多虎然虎與人狎人不害虎虎亦不傷人也地名長寿乡者有村童年十五攜一弟可五六齡兄弟艾蒭山坡中弟見一虎蹲竹林中悦其班斕呼兄曰哥看彼花牛兒其兄漫應之弟躍前薄虎擲塊石中之虎怒撲來銜弟首兄見弟入虎口奮然來以手扼虎頸虎竟吐口去弟血流被身兄負以返家弟呻吟苦楚兄亦淚下如雨道路觀者莫不太息下淚予外王父家人皆見之致一时鄉兄弟鬩墻者皆以是事相釋勉云

嚴寒〻發花

民卅三年冬月予家澀水忽屋周近山杜鵑紀叢等野花尽〻放儼若三月陽春鄰家老梨亦含苞怒放而氣候仍冷冽不異且僅予屋一處如是耳志此以待博雅

蛛窗述聞　卷一

叔和瘦鷗
初稿

王縣令

前清大學士瞿鴻禨有表弟王某官於黔為某縣令廿境多盜王令自負才幹致力盡鋤一
有
日諜知群盜止某地逆旅中潛兵捕之皆弭首就執店中宿一蘇杭綢客亦捉將來指稱
盜客力辯盜亦代白令曰寧多殺一客人決不使脫一盜也竟坐斬臨刑時客仰而呼天令
吪曰不須言絮絮若冤爾償命何如乃瞑目就刑後以治盜功擢知府入京引見敕放爲江
舟衆見一狀商客者入官艙餓而王令狂癇大呼惟言償命衆人仍催舟抵京止館舍急告
瞿相相自至舍視之王令即清楚如常人具言客商索命頃有綠氣來致鬼暫避去矣
瞿相爲作疏調解鬼附王令言曰命債非他可比況彼固自許償毋容別圖唯巫相面子允
其生還可也瞿乃爲之乞假王令亦自癒痊原舟返里比到家狂疾仍作巫醫罔效竟死此
余父常言輙戒後輩慎政云

日自周以下治尚法而民益詐姦爲吏者又每每好自矜以

卷一目録

蛛窗述闻

弁言

予喜闻奇怪之事而乐其荒诞不经每夏夜冬雨父老聚谈所闻所见可喜可愕之说时予辄插坐及末欣欣然不忍或去也積既久胸多累累惧有散逸乃於課假中择其言之尤驯雅者忆及辄述方丈小室足不出户惟尘窗老蜘蛛網際一似为余伴侣者書既成则乃弁数言且命以名

民國丙戌夏六月下浣之七日

叔和病鵑署

條例

一 是書虽多係神奇不可尽信然皆据所闻而述不有加減

二 書中凡猥俗之事概不列入

三 書之内容有鬼狐記載異事奇物人间怪事藝文巧話等

四 是書所以備日後之閱看及練習作文者非欲供他人游戲万一得見者諒其不工

蛛窗跦覽

平江錢叔和撰

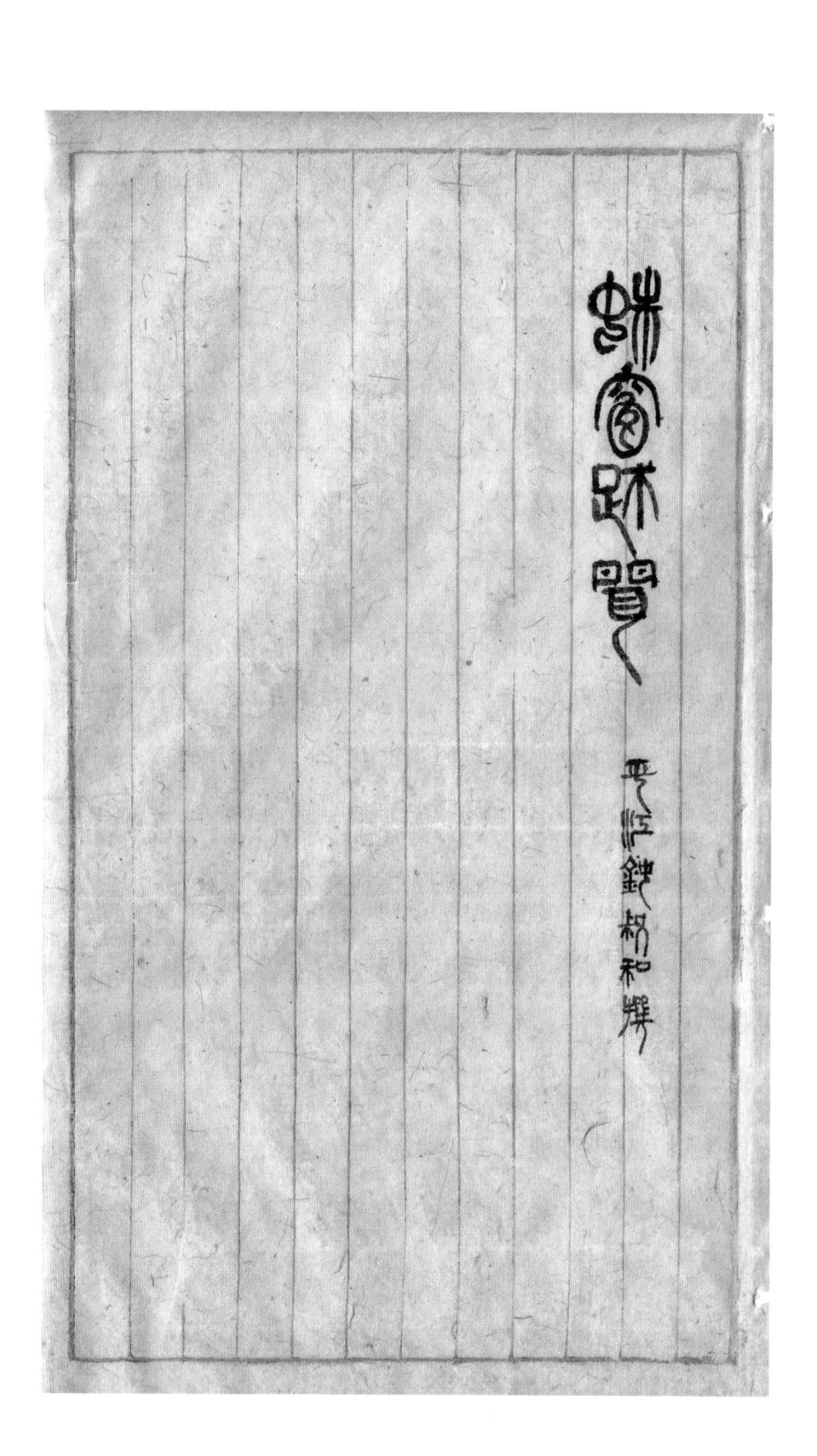

蝉窗述闻

叔和署

蛛窗述闻

锺叔河·著

SUM
南方传媒
花城出版社
中国·广州